나무는 나무는

나무는 나무는

2024년 02월 20일 제1판 인쇄 발행

지 은 이 | 조계춘
펴 낸 이 | 박종래
펴 낸 곳 | 도서출판 명성서림

등록번호 | 301-2014-013
주   소 | 04625 서울시 중구 필동로 6 (2·3층)
대표전화 | 02)2277-2800
팩   스 | 02)2277-8945
이 메 일 | ms8944@chol.com

값 15,000원
ISBN 979-11-93543-41-2

조계춘 제4시집

나무는 나무는

도서출판 명성서림

시인의 말

하얀 도화지 위에 붓으로
흰나비 한 마리를 그려보았다
몸만 살짝 빠져나갈 줄 알았는데
미동도 않는구나
언제쯤 훨훨 날아오를 수가 있을까
날아오르기나 하려는지~

이따금 빗소리도
바람 소리도
그려보련다
이네들도 그럴까 싶기는 한데
쉬 날아오르지는 않겠지.
하지만 계속하여 그리고 또 그려 보련다

붙임 : 조계춘 등단시 3편, 아내 (손정애 시 6편)

2024년 봄

1부 · 그리움

2부 · 버리고 떠나기

3부 · 생각이 생각을

4부 · 울지마라

5부 · 가을이 오는 소리

2004년 등단 시 3扁

손정애孫正愛 시 6扁

1부

///////////

그
리
움

그래 그래야지

내가 입을 닫아야
예수님이 사십니다
내가 귀를 열어야
예수께서 웃으십니다
내가 눈을 감아야
예수께서 그래야지 하신다 하였다

믿는 사람이
벙어리 삼 년(口)
귀머거리 삼 년(聽)
봉사 삼 년(眼)을 해야만 ~
예수께서 빙긋이 웃으신다 하였다

겸손 겸손, 또 겸손
두 손 모아 무릎 꿇어
믿는 맘으로 기도할 때.
우리 서로가 한마음될 때
그래 그래 하면서
한 자매 한 형제된다 하였다.

구절초九節草

가냘프기도 하여
청초함이 묻어나는 꽃
입 맞추고 싶을 만큼 사랑스런 꽃
하양, 빨강, 노랑, 보라 색색마다 예쁜 꽃
언제까지라도 벗하고 싶구나
가을하늘 햇빛을 만끽하는 너희 모습
보면 볼수록 다독여 주고 싶은
귀섭도록 보고픈 구절초
어려움을 견뎌내면 좋은 날이 올 거라는
세상의 이치를 너는 알고 있는 듯하구나
지금은 코로나19가 우리를 힘들고 지치게 하건만
이 시기를 현명히 넘기면 좋은 날은
반듯이 돌아오리라 믿는다
"코로나19" 없는 그런 세상 그려보며
새삼스레 너를 사랑하여 본다.

※ 쌍떡잎 식물 초롱꽃목 국화꽃목 여러 해살이풀

고 샅 길

내 살던 마을 어귀 늘상 봐왔던 가죽나무假憎木
밤이슥 마실 갔다 올 땐 좌표가 되어주었고
불쑥 어른으로 찾아와, 진로를 묻는 것만 갔다
"조금만 기다려 주세요"하고 어리광도 부려보건만
"에헴"하고 든든히 서 있으며
지켜봐 주시는 큰 어른처럼 듬직하다

고샅길 가죽나무가 든든한 큰형처럼
오며 가며 대화하고
잎은 삶아 반찬으로 대용하는데
소금간하여 양념 버무린 날
짭짤하여 한두 끼 반찬으론 최상일러라
고샅길 月光에 모든 사유를 걸어 본다.
그저 자유함과 평안을 주시라고
내 지내왔던, 고샅길 참으로 정스런 길이었다.

※ 고샅길 : 좁은 골목길
※ 가죽나무 : 〔假憎木〕가짜죽나물, 연초록때 식용 약용으로 사용

가야 할 길

어떤 이가
길을 걸어간다
고르지도, 편편하지도

피해야 하고~
조심해야 하는 것들도~
끊임없이 나타나련만~

차를 타고 갈 때는
보이지도, 잡히지도 않은 것들
걸어갈 때는
미세하게 보이는지
외로운 길, 험한 길,
고비고비마다 인내하며
그 길을 걸어왔다 여기까지~
이제 모든 기력이 소진되어
쭉정이만 남았을 텐데도
가야 할 길이라면
그래도, 가야겠지?

길냥이 (猫)

한가위도 아니건만
월광이 유난히 밝아

전신주 뒤에 얼굴은 반쯤만
뭐가 두려워 사위를 두리번

이목구비에 촉각 곤추세우고
허기진 배 채우려나
쓰레기 봉지를 세미한 발톱으로

진수성찬은 아니지만
장삼이사께서 먹다 버린
통닭이랑, 발족, 튀김까지도

서생원은 쫓을 기력이 없고
날마다 산다는 게 이렇게 힘든줄~

길 건너 묘순이 님 그리는 야옹 소리
월광月光에 반추되어
새벽 적막을 깨뜨린다

가을인가요

한여름 태양 아래 미동도 없이
묵상의 되새김만 하는 뙤약볕 아래 소
매미 소리 귀청을 떨어내게 하는 한여름의 풍경
처서處暑 지나고 언제 그랬냐는 듯
서늘 서늘 가을인가요

소슬바람 살색을 스치고 지나가는 밤
귀뚜라미 쓰름쓰름, 돌돌~~
처량히 울어대는 적막함
하늘엔 끼륵끼륵 기러기 떼 지나가고
각인의 마음 센치해지는 순간

初秋의 깊은 밤은 외로움만 가득한데
지나가고 잃어버린 세월은
어디 가서 주워 담으리
정성스레 기도하는 마음이건만
아! 벌써 가을인가요

가을바람

가을바람 소리를
누가 먼저 듣나요
가장 먼저 듣는 사람이
겨울을 걱정하는
외로운 나그네 아닐까요~

三冬 걱정 아니하고
굳건히 이겨낼 힘과 용기 주십사
우리 모두 한마음으로 기도해요
12월은 예수님의 생일도 있네요
기쁘고 즐거운 마음으로~
40일 신년 새벽기도학교 맞이하다 보면
매서운 추위도 기도의 열정으로 누구러 지겠지요

항상 새해 1월 추위는 세차고 매서우니까
단단히 준비하세요
가을 바람은 과거가 될테니까요.

가을 도둑

누군가 가을을 도둑질해 가버렸다
한참 곱디곱게 자랄 가을을
누가 훔쳐 갔을까
지금쯤 낙엽들이 곱게 물들어
설악에서 ~ 한라까지
소풍 떠나려는데
영동산간은 올 들어 처음 영하 4℃
중부지방은 영상 3~4℃
처음 한파 주의보도 내렸다
고운 단풍을
계절이라는 도둑이 범인 일진데
이상기온으로 인하여
10월 중순 일기로는 이러지 않았는데
때 이른 겨울 같은 가을
첫추위도 아니며 누구의 선물인가?
하나님은 그러시지 않으셨는데

귀뚜리의 밤

서늘하고 야심한 깊은 가을밤

가로 등불 돌 틈 사이

귀뚜리 소리 차갑기만 한데

이토록 심야에 누굴 찾아 돌돌거리나

하늘에는 맑고 티 한 점 없는 푸르디 푸른 창공

머리 위로 은하와 샛별이 가물가물

시간 흐르고 나면

북풍 몰려드는 건 한순간 일러라

우리 생도 가을로 접어들었나?

아서라 탓해 무엇하랴

우리도 귀뚜리처럼

천연天然 해졌으면 참 좋으련

지나간 시간 아쉬워만 하고 있으니

심호흡 한 번에

끝이 아님을 깨우기 위해서라도 걸어보자

겸손謙遜

겸손謙이라는 단어를
입에서 혀를 몇 번씩 굴려보면
한참 있다 자신도 모르게
손과 발이 낮아지려니

겸손, 겸손, 겸손 되뇌다 보면
낮음, 낮춤, 낮아짐으로 변형되어 온다
부 자유스레 손이 앞서 나가려다가도
입에서 굴려본 형식이 있기에
치고 나가지 않고 부동이 된 순간
머리가, 손, 발을 정지시키게 되고
뇌까지 부드러워진다

우리들은 교육과 훈련, 기도로 무장치 않으면
언제 어느 때 손과 발이 제멋대로 될지
아무도 모르게 된다
그래서 더더욱 겸손과 낮은 자세로
생을 살다 보면 하나님이 사랑해 주시고
사람들에게는 칭찬을 받는다

가신다면

잊어달라고 했던가요
영원히 영원토록
그래도 그래도 회한이 되어
그리움이 되는 걸 어찌합니까?

모퉁이 지나면서
손사래 치는 것은
꼭, 다시 만나자는 약속같이
난 잊을 수가 없네요

홀로서기를 배우렵니다
아픔이지만
어디, 어느 곳에서라도
흔적 없이 외롭지 않게
두 눈에 이슬 서리지 않도록

가신다면 기꺼이 보내드리리다
흠 없이 흔적 없이
곱게 보내드리리다 미완의 세계로
잊으라고 한다면, 잊어야 되겠네요.

가을 패션 (가을옷 입기)

가을은 패션의 계절이다
낙엽은 벗기 시작하는데
사람들은 한 벌 또한 벌 입으려 한다
이왕이면 유행을 따라 입기를 원한다.
"여호와 하나님이 아담과 그의 아내를 위하여
가죽옷을 지어 입히시니라" (창세기 3:21)
봄, 가을 중에 가을 패션에 더 무게가 실린다
이유는, 옷의 가짓수가 많아서이다.
옷 입기는, 입고(옷), 쓰고(모자), 걸치는(장신구).
행위는 종합적인 것을 뜻한다
옷을 잘 입기 위해서는 어느 정도
사고와, 풍부한 감수성, 약간의 용기가, 필요하며
옷에 관하여 이야기할 줄 알아야 한다
대화든, 토론이든,
기회가 주어지면 한마디 하여야 하리라
의, 식, 주, 가운데,
동물로부터 확실히 구분 지어 주는 것이 옷 입기이다.
먹지 않는 동물 없고, 집을 짓는 동물은 많지만
옷을 만들어 입는 동물은 하나도 없다
그래서 인간은 옷을 입는 동물이라 정의할 수 있다.
여지껏 "코로나19"에 눌려 살았으니,
이자^者 곁에서 해방도 해보고 싶다
이 가을에 감각 있는 옷을 입어 보는 것도
발상의 전환이 되리라.

개 여 울

여름 어느날 별 열여섯이
加平梨谷 개여울 별 숲에 모였다
으슥하도록 하얀 밤에
옛 추억의 기억들이
이야기 속으로 환속하여
두런두런 개여울에 잠기었다가
우리에게로 환생하였다가를 몇십 번.
아! 어린 시절로 가고 싶구나.
다시금 우리들 품으로 와줄 수만 있다면
포옹하고, 입맞춤이라도 해야겠지
지금은 헤어져야 할 시간들
밉다고 하여도, 낯 두꺼울 수밖에
그래도 우리는 지금 행복하였노라고
또 오마, 梨谷 개여울이여!

※ 梨谷 : 경기 가평 북면 이곡2리 냇가 마을
　개 : 골짜기에서 흘러내리는 작은 물줄기
　여울(灘) : 강이나 바다에 물살이 세게 흐르는 곳.

그 리 움

참으로 얌전하신 학주鶴州 선생님
티 없이 맑고 흠결 없으신 분
한여름 초가지붕 박이라 부르리까
우민한 사람 끌어주시고
부족한 사람 밀어주신
누구에게서도 발견치 못한 따순정情
성품이 좋아 당신께서는 일찍이 터득하시었습니다.

그것을 모토로
자기 관리도 철저히 하신 분
그때 그 시절 대학원 석사를 이수하시고
인애하시고 다감하시며
멋스럽기까지 하신
온화한 학주 당신
나누었던 정까지도 보고 싶습니다.

우린 당신의 그 넉넉함을 언제쯤 뵈오리까
아쉬움이 가득합니다
사유가 묻어나는 존귀하신 분

연꽃처럼 환한 그 마음을 그려봅니다
이처럼 그리움을 어떻게 이겨낼까요
건안하셔서 우리 총생을 빌어주소서
평강들 하라고...

※ 生 : 1930년 8월 29일(음)
　卒 : 2014년 1월 17일(음) : 전남 장흥군 장평면 용강리 선영
　號(鶴州) : 曺秉勛 님을 그립니다

기 다 림

간밤에 깊은잠 아니들고
뒤척이다 잠 깬 이른 아침

툇마루에 까치발을 하고서
행여 기별있을까, 기다리는 마음 있어

두어번 왕복하는 버스정류장
버스길만 뚫어지게 주시하다가

십여분 뒤 고샅길에 인기척 없어
포기하고 흔적없이 들어와 앉는다.

※ 아버지께서 객지 자식들이 행여 버스로 귀향 할까 하며 기다림

가을에 전하는 편지便紙

무서리가 하얗게 내려
으스스, 한기寒氣가 스며든다
나뭇가지에 걸려있는 저녁달이
새색시마냥 살포시 얼굴을 내민다!
보고픈 마음
기러기 편에, 바람에 실어 보낼까?
달을 등에 업고
기쁜 소식 전하러 가나 보네
님 그림자 화들짝 놀라 간곳없고
나뭇가지 사이로 성근 별만 흩어져 있네
게으른 부엉이 울음소리
더욱 스산하게 기울어 가는데
전원田園에 나뒹굴어진 낙엽落葉은
소유 없는 흔적인가?
님께서 부르는 소리에
눈을 들어 하늘을 보니
"잘 지내느냐"는 음성 소리~
정녕 환청幻聽이었습니다.
이제는 무서리와도 작별해야겠네요
별이 흩어진 가지 사이로
그리운 사람과도 안녕해야지.

고 구 마

따듯한 두엄자리에서
마디마다 세 개, 네 개의 순 끊어 내어
밭이랑에 이종해 놓으면
장마철 호박 자라듯
덩굴도 줄기도 영글어서
배고플 때 구황救荒거리로
허기를 채웠건만
추억이 한 세대의 넉넉함을
저리도 쉬이 으스러뜨려
지남철같이 붙어버린 오후
호박고구마는 건강식이 되어
한입 베어 먹던
그때 꿀맛 같은 그 시절로는
돌아오지 않으리라

감 처 럼

맑은 하늘
나무 끝에 매달린
한 무리의 감
참, 조홍시 로고

비바람 불고
무서리 내려
꿀보다 더 진함으로
감은 그렇게 익어갔다

땡감 풋감을 지나
빨갛게 변화되어
자연섭리의 시간을 내장시켜
속살을 보여 주려나

그 순수함과
진솔함을 배워
더 겸손함으로 잘익어
밝게 비추이는 촛불이고저

겨울밤의 안개

사위는 어둡고
눈은 뿌옇다.
항상 이러하였다
계절마다 느낌은 달랐지만
겨울밤의 안개는
"디아스포라"처럼 퍼져나가
불안하고, 무섭고, 초조하여진다
오직 하여 "오리무중"이랄까
언제쯤 걷힐까? "앙시엥레즘"말이다
내게로 다가와서
더욱 밑으로, 눈 밑으로만 깔린다
밤안개는 여명이 다가오고
아침이 되면 서서히 걷히기 시작할 것이다
정의는 불의를 이길 것이고, 빛은 어둠을 이길 것이다.
밤안개 특히 겨울밤 안개가
나를, 우리들을, 짓누르고 있는 모든 번민과 고민들을
털어내어 주기를 소망하여 본다.

※ 앙시엥레즘 : 舊制度를 의미한다.

고양이 애정 행각

길고양이가
애들 보채는 소리로
새벽녘 단잠을 설친다
발정을 주체 못 하여
두세 놈이
물고 뜯고 한바탕 역질을 치른 후
자신의 성을 구축하랴
더욱 날카로운 소리를 지르는 건
음식쓰레기 수거 방법이
규격에서 재활로 바뀌고 나서부터
고양이로 인해
골목이 하~ 어수선하다
지경을 넓히고, 연애질하고
예리한 눈, 카랑카랑한 소리
터질듯한 볼, 날렵한 발톱
자세를 곧추세우고 야단법석
에구~ 사람보다 승해라
고양이 춘정春情은 언제쯤 사그라질까?

기도祈禱 I

두 손을 한데 모으고 하나님만 부릅니다

마음에 찌든 때 빼내지도 못하면서

무슨 말로 自我를 달래오리까

이럴 때 이렇게 하라고 한 말씀 하여주소서

찰나가 현실이 되도록 한 말씀 도우소서

무슨 메시지를 주실런지요

마음을 모으고 정성을 다하여

올려드리겠나이다

기도祈禱 II

시온의 대로를 바라보며
찬양할 때 기쁘고 즐거운 맘으로 하라 하신다

자기 고백할 때도 함께 눈물 흘리시며
전부를 내려놓고 모두를 끄집어내어 버리라신다

감사함으로 은혜와 진리로라 말씀하신 주님
더 많이 못 주어 미안하다, 애석해하시며
등 토닥여 주시는 내 아버지여!

중보함으로 비로소 타인을 위해 기도할 때
잘하였다고 칭찬하신 내 주님

간구하며 기도할 때면
언제 오셨는지, 손 잡아주시며
통성으로 "이것만은 꼭 이루어 주겠다"
역성하신 주님께 감사합니다 라고
아멘으로 화답하여 본다

강 대 보

帝岩山에서 발원하여
널지도 좁지도 않은 寶城江上流
강변 초원에는 게으른 송아지 울음소리
방정맞은 아기 염소 폴짝거리는 모습
맑은 물속 노니는 송사리, 물방개
뙤약볕 아래
큰 눈망울 끔벅거리며 되새김하는 황소
버드나무 끝에 걸려 있는 뭉게구름
두둥실 떠가는 칠월의 한나절
높고 끝없는 파아란 하늘
어린 시절을 보냈던 이곳이
이렇게 한적하고 平和로울 수가 있을까

자정 넘어 한밤중에
[강대보] 봇물소리가
龍江 태胎자리까지
아스라이 서정抒情으로 들려와
추억만을 남겨둔 채
강대보는

우는 소리로

속살을 보여주려고 한다.
하지만 강대보를 한번도
詩라고 생각지는 않는다.
진한 마음이라 생각한다.

※ 제암산 : 보성군 웅치면과 장흥군 장동면의 경계에 있는 산
　　　　　(산 정상이 바위로 되어 있음) 해발 800미터이며 철
　　　　　쭉 자생 군락지로 유명.
※ 강대보 : 장평면과 장동면을 흐르는 보성강 상류, 농사를 짓
　　　　　기 위하여 강 상류를 물막이 시설로 만듦(일명 수중
　　　　　보水中洑 또는 소沼라고 함

고 향

고향!
어머니 품속같이 포근함이 묻어나는 곳
싸릿문 앞 살구나무는 지금쯤 어찌 되었을까?
엊그제 나고자라
뛰노니는 것 같았건만
초로가 되어 이곳에 한데모여
고향 나그네들이 되었으니
풍성함 속에서 부족함 전혀 없건만
마음 공허함은 무슨 의미인가요?
제암산 철쭉꽃
피 토한 듯 널브러지고
님 떠난 뒤 뻐꾸기 소리 산천을 흔드는데
강남 재 넘어가는 바람
만 손까지 동행同行하자 하니
기다려 주어야 되지 아니한가.
교교皎皎한 달빛 아래 댓 닢 부딪히는 소리
바람에 실려와 속살까지 보여 주려는가?
가자~ 희망찬 걸음으로
우리들 장동長東, 장평長平은 희망동산이었다고
그 아들의 아버지가 또 그 아버지의 아버지가
손짓하며 부르실 내 고향 장동, 장평
귀거래사는 언제쯤 부를 수 있을런지
진정으로 내 고향 고마웠다고
정성으로 보듬어 보지 않을텐가~

그때의 로마 군인

흑암이 일고, 폭풍우가 치고,
골고다 해골의 곳에 이르러.
십자가 못 박은 후에 옷을 제비 뽑아 나누고,
오전 9시 온 땅에 어둠이 임하여
오후 3시 즈음에 크게 소리 질러,
"엘리 엘리 라마 사막다니"※ 땅이 진동하고
바위가 터지고
막달라 마리아와 또 야고보와 요셉의 어머니 마리아와
또 세베대의 아들들의 어머니도 있었단다.
옆구리를 창으로 찌른 "론지누스"※는
회개하고 슬픔을 참지 못하다가
내가 죄인이다, 내가 천하에 나쁜 사람이다.
그때에 그 로마 군인은 슬피 울며 몸부림 쳤다더라
스스로 회개하고 예수를 찾고 열심히 믿었다더라
아버지여! 왜 론지누스만의 잘못이리까?
그 죄 제가 다 지고 내가 갑니다.
인류 구원하시려고 아들까지 죽이셨네.

※ 론지누스 : 예수님 옆구리를 창으로 찌른 로마 군인
※ 엘리 엘리 라마 사막다니 : 나의 하나님 나의 하나님 어찌하
           여 나를 버리셨나이까 (마태복음
           27: 45~56)

길 위에서 길을 묻다

이슬방울 촉촉이 베여 있는 길
시원스레 길을 걷는다.
상념에 잠겨 아무 생각 없이
걷고 또 걷는다.

때론 슬픔에 잠겨서
한없이 울었고
때론 환희에 차
날아갈 듯이 기쁨에 젖었었다.

텅~빈 마음
채워도 채워지지 않는 마음
아스피린으로 치료가 가능할까?
내가 가는 길이 어디인가라고

영혼을 위하여
길 위에서 길을 물어보았다.
어디에서 와, 어디로 가느냐고
성성자(惺惺)를 손에 쥐고
청량한 마음 간직한 채
한없이 걷고 또 걷는다.
가끔은 뒤도 돌아보면서…….

겁먹은 아이들

보육교사로부터
귓방망이를 맞고
저만치 나가 고꾸라진
네 살배기 아이의 모습
(김치 남긴 것이 뭐 그리 대수인가)
그 옆에는
제비처럼 나란히 무릎 꿇고 앉아
눈이 휘둥그레 겁먹은 아이들
기사로~ 만화로~
도하 신문. 잡지. 매스컴에서
특종을 하였다

어른들은 그때뿐
이 아이들이 자라면서
트라우마가 되어
공포스런 생활을 하게 되면
지금도 어딘가에서 비리와 폭력이~
지금껏 높으신 어른들 무얼 했을까
"교육이 백년대계" 라더니
무너지고 무너지고 무너져서 유아원까지
겁먹은 아이들도 치유하고 국가도 고쳐야 된다네
믿을 구석이 없으니
이놈의 세상을 어디서부터 세우면 되겠는가

교회 가는 길

서러움이 복받쳐
차곡차곡 눌러 놓았다가
주일 아침
아버지 전에 들어서는 순간
주님만을 나직히 불러봅니다
물기어린 음성으로 눈물샘은 자극되고
모두 모아 용서 구해 보렵니다
잘못 많은 내 생을...
바람불고 황사 비낀날
교회가는 날만을 기다립니다.
꽃비내려 촉촉이 젹서 을신년스러워도
장마지고 태풍불어와도
세찬 북풍은 치고 눈 내려도
깊숙이 있는 응어리, 털어내고 위안삼으려
머리둘러 아버지 집 교회로 갑니다
박하향처럼 향이 스미는 곳
그곳만이 빛과 사랑이 넘치는 곳
만나고, 만나보고 또 만나도
편안한 아버지 집
평안(샬롬)을 네게 주노라

(부활주일)

고통받은 예수님 〈사순고난주간〉

유대 땅 갈릴리에서
어린양이 공생애를 하십니다
어둠을 밀어 내시고 빛으로 오셔서
우리곁에 계십니다

당신의 사랑 때문에
온 우주는 환호하며
나태의 잠에서 깨어납니다

우리는 사순고난을 순전하고 조용히 보내렵니다
채찍 맞은 주님, 얼마나 아프시고
얼마나 분하셨으며, 얼마나 속상하시고
자존하셨는지요? 십자가의 고난 속에서

이렇게 말씀하셨지요
"이 잔을 내게서 옮기시옵소서
그러나 나의 원대로 마시옵고
아버지 원대로 하옵소서"

저는 아버지의 외아들이며
유대 나라 왕이기에 기어이 인내 하렵니다
우리의 죄를 모두 짊어지시고 "다 이루었다"라고
우리 인류를 위해 영원히 영원히
겸손하게 끝까지 참아내신 주님
부활하셔서 항상 우리 곁에 계신 주님 사랑합니다

그대 떠나던 날

이른 사월 연둣빛 잔잔한 파문이 들 때
그대는 정녕 가셨나요
얼굴 한번 마주쳐 보지도 못하고
영원한 삶을 위하여 그리 바삐 가셨나요
그렇게 쉽게 발길이 떨어지든가요

이생에서는 그대가 지구를 품더니만
영면 후엔 하늘이 그대를 품었오 그려
그 오랜 세월 살려고
육십오 년의 풍파 다 이겨내고
이제 살만하다 싶었거늘
하늘나라로 나들이 가시나요

남들은 팔구십까지 산다고 호언장담하는데
당신께선 그 작은 생 사시려고
그렇게 정직히, 착하게만 살다 가시나요?
부디 잘 가요 부활하여 다시 만나는 날은
구름 위에서 환담하며
옛이야기 나눕시다
편히 가소서
이생의 걱정일랑은 거두시고
부디 편안한 마음으로 선종하소서

2011. 4. 4. (강남구형 영전에)

눈 떠보니 선진국

일어나보니 새벽 여명이라는 것과
동일한 언어, 무슨 뉘앙스가 다를까
특별 초청으로 UN 총회에 참석하여
5년 내리 한국 대통령이 연설을 하고
한류의 상징인 B.T.S가 특명 대사로 동행을 하고
정작 우리나라 백성만 모르고 있는 선진국
모든 통계 수치가 앞순위에 자리잡고 있으며
세계인이 보는 위상이 다르고
평가가 달라보이는 대한민국
눈 떠보니 선진국,
대한민국에 대해 용비어천가라도 불러 주어야야 겠다.
선진국이 된 이유를 왜, 알아야 할까?

발전을 지속하면서 발전의 그늘에 가리워진
양극화, 인구절벽,
MZ 세대의 볼멘소리, 비인간적인 교육,
국가자원의 집중,
노인 빈곤, 높은 자살률, 후진적인 국회(정치),
여전한 여성 차별.
해결책을 찾을 수 있으리라는 기대 때문일까?

눈 떠보니 선진국이 된 것을
누군가는 우리 국민이 알기 쉽게 풀어
설명을 해주면 좋겠는데.

내 손하고 똑같다

하늘은 잿빛
빙모님 면회시간
아내 앞세워 얼굴뵙는데
순간 스치시는지
손과 손을 이리저리 포개시더니
이리만지작. 저리만지작
"내손하고 똑같다. 내손하고 똑같다"
닭똥같은 눈물
저기 서있는 이가 누구시껴
멀둥이 쳐다보기만
조서방, 조서방인데요
"아녀 조생원이여, 조생원이라는겨
칠십다된 사람을 조서방이래. 조생원이지"
몹쓸 시련이
사람까지 변고로다
산뜻하게 사셨던 여든여덟 해
"내 손하고 똑같다"라는 독백이
환청 되어 울림으로
세월아! 측은 하지 않느냐?

눈 내리는 풍경

초저녁부터 함박눈이
리듬을 타고 내리기 시작하더니
근무자가 경비실에서 설레는 마음으로
창문을 열었다, 닫았다를 수십 차례

내리는 눈은 멈출 줄 모르고
하염없이 펄펄
이러다 저녁 내내 내리면
쌓이겠는걸

아서라 복장 갖추어서 치워야 되리
언덕 고바위부터 쓸어내리고
사람 다닌 곳부터 일자로 길을 내주자
낙상사고 예방하려면 그럴 수밖에

푸른 새벽녘 인시에 눈은 뚝 그쳤다
내리는 눈도 그치게 하시는 하나님

나그네 생각

나고 자란 곳
꿈과, 이상과 현실 사이에 방황하다가
뱀처럼 차가운 이성을 필요로 하는 세상에서
어머니 품처럼 아늑한 고향
이제 나그네 되어 가까이 가보았다
이상을, 생의 지혜를 잉태케 하였던 곳
타향 생활한 횟수가 오십여 년
古稀(고희) 지나 중반이 넘어
그래도 옛사람이 드문드문 반겨주니
외로움은 천천히 천천히 사그라진다
산봉우리 벗 삼아 버~얼간이 넘실대는 노을
먼 훗날에도 이 광경 재연하고 아쉬 남겨둔 채
그곳 태생지에서 나그네 생각해 보았네
어찌 생각하면 나그네 됨이 적절하였으리.~

네 아비 옷이다

때는 임란壬亂 1592년 어느날
명량(울돌목) 해전에서 수군 어떤 아비가 전사한다
앳딘 아들에게 아비의 전투복을 건네는 장군
"네 아비 옷이다" 받아라
한참을 머뭇거리다 비통에 잠겨
눈물을 주루루 흘리는 아들

"받아만 주신다면 수군水軍에서
이 한목숨 바치겠나이다"
장군하는 말 수군보다는
노잡이로는 받아주마
왜倭군과 조선 수군이 한바탕
진도 울돌목에서 사투를 벌려
조선 수군이 배 12척으로
왜 수군 330여 척을 전멸시킨 후

장하다 장하다 역사에 남길 이름이여
필생즉사必生則死 사즉필생死則必生
민중을 위하고, 민중이 원한다면
기꺼이 초개와 같이 한목숨 바치리다
그 아이 성년 수군으로 장군 곁에 초연이 앉아있다
조선 수군이 전라도 "버젼"으로
훗날 우리 자손들이 요라고 고상한 줄을
알랑가나 몰라?

눈雪

함박눈이 펑펑 내린다
내리면서 누군가와 함께 온다

물이 되고 자양분이 되어
밭과 뿌리를 건드려 영靈으로 내린다

사랑과 희락과 화평과 오래 참음과
자비와 양선과 충성과 온유와 절제

귀에 속삭인다
날 받아주지 않으면
난 어떡해
눈雪으로 있긴 싫은데

난 너에게 무엇이 되고 싶다
가슴에 포근한 의미로 남고 싶다

넘어지며 키운 사랑

처음 걸음마 배울때
뒤뚱뒤뚱 하지 않는 아이 있었을까
처음 자전거 탈 때
넘어지지 않는 사람 있었을까
열심 으로 걸어야 한다고
열심 으로 배워야 된다고
걷고, 타지 않았을까.

티격 태격 토라지고
다투지 않는 사랑 어디 있을까
돌아서서 먼저 말걸어 주고
토닥혀 주고 손 내밀면
서먹한 마음 봄 눈 녹듯
잔잔히 미소지으며
포근한 마음으로 감싸온다.

내, 누님 (광평누님)

나는 시골 고향에 누님이 한 분 계신다. 피는 섞이지 않았지만 그 이상으로 안팎으로 친하다. 잔정 많으시고 모든 것이 해박該博 하시다. 차려입고 외출하시면 벌, 나비 춤추듯 하시며 사뿐 가뿐 하시며 걷는 모습이 춘향이셨다. 을미년 올해에 팔십이신가~ 하나이시던가? 시詩 몇 편 보내드리면 꼭 답신이 도래到來한다. 며칠 전에도 안부 편지가 답지했는데 동생댁 曹桂春의 내자, 孫正愛) 안부를 살뜰히 물으신다. 인생을 살면 칠십이요 70歲, 강건하면 팔십이라 80歲라고 하였는데 인생 깊어 가는 연세에 초조하시고 회한悔恨이 드시나 본다. 달래드려야 되는데~ 몇 년 전 자동차 사고로 하반신을 못 쓰신다. 정삽하시고 정갈하신 분이 거동하기가 불편하시니 더더욱 서럽고 힘겨워하신다. 영감님 먼저 보내셨지만, 자손 다 복하시며 문장력 수준이 높으시며 "구구절절句句節節 쓰신다. 옛 기억을 끄집어내셔서 상대방을 환기시켜 주신다. 부디, 희망과 용기를 잃지 않으시도록 기도드릴께요. 하나님, 강건함을 주셔서 자포자기 말도록 도우시고 다음에 찾아뵐 때는 환한 모습으로 만나요. 어느날 누님 찾아간다면 보름전쯤에서 기별하고 가리다.

※ 누님(김나님)은 전남 장흥군 장평면 광평리에 사심,
　2023년 11월 17일 별세

2부

//////////

버리고 떠나기

내 친구 플라타너스

파란 하늘을 만지작거리면
푸른 물감이 드는 듯하다

파란 하늘을 이고 있으면
잊혀졌던 기억이
새록새록 솟아난 듯하다

어느 사이 플라타너스 마른 잎
발등에 사뿐히 떨어지는 날
연인들의 연가처럼
온몸이 사랑의 전율로 가득한 듯하다

초추初秋의 양광陽光이 친구처럼 다가와
해묵은 안부를 전하면
여름 내내 플라타너스는 나의 벗이었노라고

※ 서초문인협회에서 주관하고 서초구청 협찬으로 2014년 7월
   15일부터 3개월간 서초구청 로비에서 열리는 시화전 전시회
   출품작

드림스쿨 어르신

경로대학 문학반 교사로 봉사한지
어~언 몇 십년째
수월하고 편안한 동아리반 쏠림 현상 때문에
균형을 유지키 위하여
불확실한 미래를 권면하고 판매한다.

경로대학 어르신들은
암기하고, 쓰고, 읽으시라 하시면
미리서 겁에 겨워 손사래를 치신다
그도 그럴 것이
손이 떨리고, 눈 침침하고, 기억력 희미하기에

지난 학기에 일기, 편지 한편씩 숙제를 드렸더니
다음 학기에는 고무풍선 바람 빠지듯 홀쭉 해져버려서
덜컹 겁이 났다.
새 학기부터는 눈감으시고 자리에 앉아만 계셔도
강사(담임)가 읽어 드린다고 하였더니
바람 빵빵한 축구공처럼 인원이 많아지셨다.
연세 드시면 마음 편안한 것 말고 바랄 게 무엇일까?

※ 방주교회 드림스쿨(노인대학) 140여 명 학감으로 봉사하며
　동아리 반 문학반 강사 겸임

대 추

이른 가을
담 너머로 흐드러지게 맺어있는 대추 열매

돌보아 주지 않는이 없어도
저렇게 주렁주렁 붉어질수 있을까

붉은 열매 안에는
천둥과 번개와 벼락이
비바람과 이슬이 수없이 스쳐지나 갔으리

저 열매인들 그냥 자랐겠어
땀과 고통과 인내없이
그냥 열렸겠는가

그런데
대추씨는 씨앗중에서도 빼쪽하게 참 못생겼어
해산의 아픔을 느껴보려면
예쁘게라도 키워 보시지

단풍낙엽

찬바람 불어 단풍드는 오후
날이가면 갈수록
낙엽은 윤기와 색채가 야위어 간다

혼자서 현충원 길을 걸어보았다
왠지 적막하고 쎈치 해지는 한낮
발아래 딩구는 단풍나무잎
오늘도 슬픈 가을이
한 장 한 장씩 떨어져 쌓인다

발로 툭 건드려본 단풍낙엽
날개를 펼치는 나비의 모습 닮아
금방이라도 손가락으로 톡하고 건드리면
날아가 버릴 것만 같은 생각에
아-쉰 마음 몹시 아리구나

단풍나무잎

다 짐

보내고 맞이하는 순간은 종이처럼 가볍고 얇다
자신도 모른 사이 성인병이 체크 되어
여러 해를 형제처럼 다독이고 같이 지낸다
기온이 강하하면 혈관 수축으로
호흡곤란 증상이 찾아와
오늘 같은 내일이 오는 것이 두렵고, 무섭다
나의 삶은 시간의 흐름과 함께
조금씩 조금씩 앞으로 진일보 하였다
참으로 하루를 버겁게 버티어 왔다
그러나 생명 주신 분이 계시기에
아무 두려움 없이 하루 하루를 지낼 것이며
앞으로도 마음 편히 생활할 것이다

새해에는 더더욱 평강하도록 다짐하여 본다

닭 둘기

일명 살찐 비둘기를 닭둘기라 부른다
야생에서 먹이를 먹어야 하는데 사람이 흘린 먹이만~
거대 여당 탄생 후 언론 감시견제 기준이 쑥 높아졌다.
정치일정, 언론지형을 고려하면
보수 언론 매체의 공격적인 보도는 충분히 예상된 바
그런데도 광역 단체 장들의 성性범죄
참모들의 다주택多住宅보유 소동.
장관 가족들의 파문까지 줄을 잇는다
진보주의자니까 어렵게 살라는 말은 아니다
더욱 진보의 가치와 이념을 존중하고 살아가란 뜻이다
촛불 소명 잊고
무사안일에 빠진 "살찐 권력자들의 모습으로"
국민들 특히 촛불을 몇 차례 들었던 민초(民草)들의
희망은 8부 능선을 치닫는데 웬 헛발질이 많을까
자문하여 보아라
개혁(改革)이 혁명(革命)보다 어렵다는걸
닭둘기야 힘껏 날갯짓하여
먹이를 맘껏 쪼아 먹어보렴.

단 풍

곱게 물들어라
물들어 더욱 붉어져라
산 너머까지 형형색색으로
하루가 다르게
곱디곱게 타올라라

단풍이라 불리려거든
활활 타올라
더욱 진하게 타올라라
색을 내려면 너의 고통은 심하겠지만
우린 그 내용을 즐긴단다

바람, 사뿐히 곱게 불어다오
화신의 반대인 남녘으로~
지쳐 소멸될때가지
설악에서
차령을 거쳐
노령까지
아니, 끝자락 삼다도까지

우리 마음에도 곱게 깃들거라
아름답게 내 품에도 안기어라
너를 곱게 함은 모두가 자연이었다

두 손녀

큰놈이 장난감과 동화책을
어린 죽순 같은 팔로
품에 바짝 움켜 쥐면서
"내꺼야" 하며
둘째를 밀어버린다.

돌지난 둘째녀석 사방을 두리번 거리더니
할멈 할아범 눈을 마주보며
얼굴에 얼굴을 포개고
입을 삐죽거려본다
언니한테 당했다는 투로
거들어 달란듯이
무언의 대화
표정으론 서러운데~

누굴 편애하겠는가
어서 자라서
도덕과 이성을 분간하여
언니, 동생, 도란도란
말하는 날을 기다릴 수밖에
아프면서 크는 아이들
뾰족한 답이 없는 것
얼른 둘째를 안아 가슴에 꼬옥 품었다

※ 손녀딸 : (30개월) 조희재 : 曺禧載
          (14개월) 조은재 : 曺恩載

마스크 마스크!

열 아홉달 된
둘째 외손녀가
할아버지 손을 잡고
유아원 등굣길에
현관문을 나서다 말고
볼멘 소리로
마스크 마스크~~

유아원에서 배웠을까
습관이라는 것이
이렇게 엄정한줄을~~
또렷이, 마스크 마스크
"코로나19"가 무섭긴 무섭구나
물렀거라, 그리고 잠잠해지거라
어린애들을 위해서라도
우리는 너희를 꼭 극복해 내고 말테니까

※ 천재현 : 생후 23개월(2020. 2. 27일생)
　유아원 적령 : (0세~ 36개월까지)

마중

어서 일어나 가자
이 애비와 같이 손잡고 집에 가자
너는 여기 이러고 있을 때가 아니야
엄마가 집 아랫목에 밥 담아
식지마라고 이불 속에 파묻어 놓고
너 오면 차려준다고 기다리고 계신다
어서 일어나 앉아 정신 차려라

무얼 못 잊어 여기 이렇게 누워있느냐
애처러워서 못 보겠다
무슨 연유로 널 손찌검 하더냐
누가 너에게 손가락질 하드냐
괘념치 말고 일어나 어여가자
집에 가서 밥먹고, 옷차려 입고
신발 신고 학교가야지
너 이러면 애비 눈에서
피눈물 나는 줄 모른다더냐
어서 일어나 애비하고 손잡고 가자
제발이다
마중 나온 애비의 마음을 헤아려다오

※ 4.16 세월호 참상을 보고

무 궁 화

아침이슬 가득 머금은
하얀꽃 분홍, 보라
어느 꽃보다 서정이 깃들어 있는
민족의 상징
고비 고비마다
세파에 힘들었을텐데
굳건히 서있는 무궁화
은근함이 있는 꽃
너를 본 순간
심장이 쿵쾅쿵쾅
마음까지 설레며
끌리어 측은지심이 된
어여쁘게 핀 무궁화
나라의 상징
우리 꽃, 무궁화

도라산역 都羅山驛

봄 기운氣運은 여기 저기에~
봄꽃의 전령 매화꽃, 개나리, 목련, 벚꽃, 철쭉, 진달래
온 산하山河가 한바탕 웃음으로 휘드러지게
꽃놀이패가 된다.
인간人間 본성으로 재빨리 구별한다는 세가지색三色.
노랑, 파랑, 빨강
들판은 연초록 동산東山인데 꽃나무는 꽃 공장일까?
신촌역에서 부터 가좌加佐 행신幸神 화정和正 교하交河
금촌金村
문산汶山 임진강臨津江 도라산역都羅山驛까지
느림보 관광기차를 타고 도라산역으로 소풍을 떠나요
기차는 시골간이역마다 스르륵 미끄러진다
천년千年 사직을 뒤로하고
고려高麗에 귀속歸屬되어
개성開城에서 도라산으로 소풍을 나와
경주慶州쪽을 보고 피눈물을 흘렸다는데
빼앗긴 도성都城에도 봄이 왔기에
신라新羅 마지막 경순왕께서~

W. 부시 미국대통령이 도라산역으로 여행을 와서
북촌北村 산 너머에 저~ 무엇을 보았을까?
그 다음은 무슨 그림을 그렸을까?
도라산역, 기차 침목에 뭐라고 썼을까?
평화平和롭게 살자고 마음 달래며 돌아갔을까
도라산역아!
소풍 떠날때의 초심初心처럼
여행 가는 즐거움처럼
우리 모두 모두에게 희망希望을 주렴

리나 김

이역만리로 너 떠나던 날
하늘도 울고, 땅도 울고
너도 울고, 나도 울고, 조국도 울었단다.
조국은 널 보내놓고
너에게 안부 한마디
잘 지내느냐는 기별도 없었다.
용서하거라 용서해다오
이제야 미안하다는 말을 하노라
낯선 나라에서
얼마나 외로웠고
얼마나 서러웠고
얼마나 절망하였으며
얼마나 조국을, 부모를, 원망하였더냐
조국은 그렇게 그렇게 희미하기만 하였었다
"한국의 입양아를 어찌 생각하느냐"
네가 물었을 때
전기에 감전된 듯 머리가 띵하였다
조국이 해준것도 없는데
그런 네가 이렇게 예쁘게 자랐구나

그리고 스웨던 기자가 되었더구나
미안해 미안하다 정말 미안하다
조국을 용서해다오, 이 사람을 용서해다오

※ 해외 입양 동포 모국 문화 체험단 1989. 2月 수웨덴 국제 연
  구소에서 강연했을때 "한국의 입양아를 어찌 생각하느냐"고
  묻던 그 여학생이(리나 김) 몇 년 뒤 다시 스웨덴을 찾았을때
  記者가 되어 취재차 "후광"을 취재하러 왔었고 이번이 세 번
  째 만남. 그때 33세의 법률가로 변신해 있었다..
  (후광 金大中 자서전 2권째 123쪽에서 발췌)

무현금無弦琴

솔바람 소리에 : 송홧가루 노랗게 날리는 날
댓잎소리 : 사각사각 교교皎皎하고 달빛과 어울린 정
　　　　　갈한 소리
계류溪流의 산골물 : 졸졸졸 개여울 물소리 은근하
　　　　　　　　게 다정다감하며
파도소리 : 처얼석 처얼석 갯바위에 부딪히는 소리
새 소 리 : 집근처 야산 묏비둘기 "지집 죽고 자석죽
　　　　　고" 연창하는 소리 솥적새 솥적다 솥쪽궁
　　　　　솥적다 솥쩍굴
빗 소 리 : 보슬보슬 줄금줄금 주룩주룩 후두득후
　　　　　두득~ 보다 매혹적인 自然의 소리를 有弦
　　　　　琴 가야금 거문고, 현을 타는 소리에 비할
　　　　　소냐 우리 소리가 자연의 소리 자연의 소
　　　　　리가 무현금無弦琴 질서정연한 연주인걸

무쪄워 무쪄워

둘째 외손녀가
진단키트 검사에 두줄(확진)이 나와
선별진료소엘
할미와 엄마와 함께 참여
앞언니 코에 면봉 들어가는걸 보더니
무쪄워 무쪄워 떼를 쓰기 시작
겁도 많고, 참으로 소란스레 할미왈
저 언니는 어디 우니, 살살 달래면서
울지마라 하니 고개는 끄덕끄덕
막상 제 차례가 되니
"무쪄워 무쪄워" 세상 떠나갈 듯
24개월 된 아이가 왜 아니 그러겠어
"코로나19" 오미크론 변이종이 원수지

※ 천재현(외손) 25개월 2020. 2. 27 生

물, 방울의 소망

물은 빈곳을 채우되 결코 건너 뛰는 법이 없다
차근차근 채운 다음 앞으로 나아간다
나는 물이되라면~
처마 밑의 물방울이 되고 싶다
마당을 적시고, 또랑에 모여
개울 물로 흘러들어 시내를 만든다
바다보다는 강물
강물보다는 시냇물이 되고 싶어 한다

개울물은 시내로 나아가는 희망이 있으며
시냇물은 강으로 가는 설렘과 기대
강물은, 넓은 바다로 찾아드는
대망의 기다림과 희망을 안고 흐른다
물 방울이 모여 강과 바다를 이루듯이~
바다로 흘러들어가는 것이 우리네 인생과
참으로, 비슷하지 아니한가?

마스크

시간이 조급해 헐레벌떡
노약자석 전동차에 올랐다

두~서너 정거장 지나자
이쪽 저쪽에서
나를 쏘아보는 눈초리들이
숫돌에 갈아놓은 칼처럼 날카롭다

왜 그럴까
귀를 만져보니, 노마스크
아뿔사
뛰다보니 벗겨져 나가버린 마스크

양심이 양보하라하고
얼굴이 화끈거려, 동승할 수 없어
마스크를 준비하여 후속 차편으로~

칼날처럼, 쳐다보는 매서운 그 눈매들
후론, 마스크 줄을 메어 달고 다닌다

마주 이야기

정오한낮
앞마당에다 소쿠리로
참새잡는 덫을 만들고
모이를 뿌려 놓았다

마루에 엎드려
낚시처럼 줄을 팽팽히 잡고
초조로이 새떼를 기다리다
해찰하는 사이
참새 몇 마리
모이를 싹쓸이 해치웠다

줄을 잡은채
깨어보니 다람쥐가 분주히 움직인다
눈이 마주치는 순간, 멋쩍은 듯
아뿔싸! 재빨리 몸을 피해 버린다
순진도 하셔라 소쿠리로 다람쥐를 잡는다고

물수제비 뜨는 날

어릴때 학교 등굣길에
뒷~ 냇가라는 냇가가 있었다~
우리가 꼬마였을 때
오며가며 물수제비를 떳는데
대여섯번 또는 열두어번까지~
수제비가 뜨면 왠지 그날 기분이 좋아
공부도 암기도 잘 되어서
선생님께 칭찬도 제법 받았다
지금도 그 보狀가 현존할까
기억도 가물 가물 한데
복잡한 심사가 그때처럼
푸르렀으면 하는 간절한 바램이다
악마보다 무섭다는 코로나19가 잠잠해지기만을
물수제비 뜨는 마음 같이 푸르렀으면

※ 물수제비 : 물방개 놀이라고 함.
　　보狀에서 돌맹이를 물위에 띄우는 놀이

묵언

한마디 응수 할까 하다가도
또, 달고 일어나서 오두방정 떨가보아
어쩌면 거짓이 이렇게 난무할까

정론, 직필하는 종이는 없을까
자고나면 이슈가 이슈를 덮고
뿌리 깊은 느티나무처럼
든든함은 진정 없는 것인지
그립다. 든든함과 참함 솔직함
기다려진다 오염없는 맑디 맑은 세상

차라리 묵언 묵상하는 것이
최상의 방법 아닐는지
세상 깨어지는 소리 이제 그만 듣고 싶다

맥문동 꽃

한여름 아파트 단지에 맥문동麥門冬 군락
모진 겨울에도 굿굿히 자라더니
보라색 꽃을 피웠구나
꽃은 선비처럼 단정하다
황제를 상징하는 보라색
그렇치만 어쩐지
애절하고 고독하리 만치 슬퍼보이고
서러운 모습을 하고 있다
수줍은 사람마냥, 애처롭기까지 하다
왜일까? 애이불비哀而不悲이~
말하고 싶어도 인내하는 사람처럼
"나는 당신의 것 당신은 나의 꽃"
맥문동 꽃처럼 꼿꼿하게
하늘만 보고 살아가자

※ 외떡잎 식물 백합과의 여러해 살이풀, 맥문동이란 이름은 뿌
   리의 생김에서 따온 것이다. 뿌리는 한방에서 약재로 사용,
   그늘진 곳에서 꽃은 5~8월에 많이 핀다.

망 각

몸상태가 심약해 온종일 자리에 있다가
시간을 보니 5시40분
주섬 주섬 챙겨 전철 첫차라 생각하며
딸네에 도착하여보니
날이 밝아야 되는데 점점 어두어져 어찌된 일인가?
손녀, 둘 유치원(유아원) 등교시키기 위하여
잠시 잠간씩 돌보러 새벽녁에 다니는데
뭐가 잘못된 걸까
새벽 5시인줄 착각속에서 망각忘却 하였네
참으로 헤아릴 수 없이 허망하다
딸네는 한강유람선 이용하고 귀가중이라고
연락이 닿았다
걸어서 전철역으로 이동하는데 어둠이 점점 짙어진다~
참으로 난감한 시간, 아! 이런 경우도 있네

만추晩秋

그대 떠난 자리 누가 지켜 주려는가?
지나가고 나면 어느 날 볼수 있을까?
나목裸木으로 남아있을 그대
가지 위에 잎새 하나가
메달려 있기엔 너무 힘이들어
핏기 없이 하늘거리며 떨어진다.

떨어진 낙엽 머리위로
찬바람이 스치고 지나간다
그대는! 어디로 가려는가?
뭉쳐 있다가 바람에 헤쳐 지나친다

만추의 오후午后
늦가을비가 촉촉히 적셔온다.
떨어진 낙엽이 미역을 감는다.
미역 감고 있는 잎새를 무심코 밟고 지나간다.
그리고 이얘기 하였다.
조금은 미안 하였노라고

나목이여! 가을이 깊어지면 겨울이던가?
깊은 겨울 삼광三光 비추일 날이 쉬 찾아오듯이
긴~ 겨울 잠에서 깨어나
흙 냄새 가득한 훈풍을 손꼽아 기다려 보겠네
보내는 아쉬움~ 기다리는 설레임으로
만추晩秋의 밤은 깊어만 가는건가

※ 삼광三光 : 해日 달月 별星을 일컬음

메타세쿼이아

너처럼 잘생기고 핸썸한
곧게 자란 이 또 있을까
양자와서 환경의 조건을
잘 이겨내고 잘 자란 너
누가 뭐래도 넌 일등이지

바람이 지나다 어라!
이렇게 잘생긴 것들이~
새들이 나무에 깃들었어요
나무가 빙그레 미소 지으며
피곤하면 언제든 쉬어가

처지와 환경을 소화시켜
참, 잘도 자라 주었구나
이제 어디 내어놓아도
손색이 없는 그 이름
메타세쿼이아 ⋯⋯

※ 전남 담양읍 국도변 가로수, 최고 높이 25~30M
  (2015. 5. 27 역사문화탐방 전남 담양 일원)
  원산지 : ① 중국 중부지방의 깊은 골짜기에서
        ② 1950년대에 미국에서 일본을 거쳐 수입됨

모 기

바람 한 점 없는 푹푹 찌는 야밤
모기와 한판 물고 물리는 역질을 치른다
칠, 팔월 독이 오를 대로 올라
생채기를 내고 도망하기 일쑤
늦가을임에도 섬뜩하다

귓가에 앵 ~ 앵 거리면
귀는 나발통만큼 커지며
독사를 보는 것처럼
징그럽고 소름이 끼쳐온다

너는 사람들과 친하지 못하고
단잠을 설치고 몸서리쳐진다.
저주받아 마땅할 너
까만 밤은 더욱 초조로 와만 진다

버리고 떠나기

번성한 자는 반드시 쇠퇴하는 것이 역사라면~
산자는 반드시 이생을 떠나야 된다는 것은
자연의 섭리攝理 아니던가

이제는 버리고 가자
사랑하는 책들 소지품, 감사패, 등단패, 등등…
철 철의 옷들, 넥타이, 모자, 여러 가지 것
이제 떠날 날이 가까운 인생
많이 살면 십여 년이 아닐까
버리고 갈 것이 어디 이뿐이더냐
자식들과의 정情, 내자와의 정, 친구들과의 정, 정情
이 모든 것들을 솎아 내야되지 않을까? 뿌리 채

나를 버리는 것은 자신만이라야 한다
모두를 버리고 떠날 채비를 하자
떠날때 무겁지 않도록
미리 마음 비우고 버리는 연습을 하자
인생 공수래공수거라 하잖는가.

그동안 사용할 것이 있다면
필요한 만큼만 조금 남겨두자

이후론 버리고 갈 것들 목록을 만들어 보련다

비 내리는 갈대정원

소설을 처음 읽을 때 몽환의 소년처럼
한동안 멍하였다.
안개 자욱한 순천만 안개와 나는 어떤 함수일까
안개의 의미는, 과거 속에서 침묵하고 있었다

중년이 되어 다시 한번 읽고서
어렴풋이 줄거리를 이해하였다
군 제대 후 사회 초년생일 때
아! 이런 류도 있구나

초로가 되어 "순천문학관"을 처음 찾았을 때
운 좋게 작가와도 만나 보았다
병색은 짙어 있었고
해산이 임박한 여인처럼 입술이 파리해져
슬픔이 북받쳐 짠한 마음에 눈물은 볼을 타고 흐른다

※ 갈대정원 1km전에 순천문학관 개관
　김승옥 41년생, 소설가, 일본 오사카 출생, 45년 귀국, 순천
　거주
　순천고등학교, 서울대 불문과 졸업,「한국일보 신춘문예」「무
　진기행」이 당선되어 작가 활동
● 2017년 7월 6일 오후 3시경 순천문학관을 비가 주룩주룩
　내리는 오후 방문하여 작가 김승옥님을 예방하고 돌아오는
　발걸음이 타박하여 졌다. 뇌졸중으로 여러해 사투중(지금은
　가벼운 그림으로 소일)

비, 몸살

이 많은 비가 내리려고
밤사이 뒤척이기를 십수 번
가슴이 절절하고, 무릎이 아프고
어깨가 끊어지려고 하는 통증.
잠은 저만치, 새하얗게 지새웠다.
우리 마을에, 이 삼백 밀리 이상
큰비가 내리고 있다.
양동이로 퍼붓는 것처럼 하늘이 뚫렸나 보다.

이 비가 내리려고
그렇게 몸살을 하였었구나
날 궂이 전에 몸살 하는 것까지도
그저 그러려니 하고 체념해야겠지!
세월이 지나가는 것을 막을 수 있을까?
이 모든 것 다 껴안고 가야 되리
비 온 후에는 언제 그랬냐는 것처럼
시치미 딱 떼고
내 몸뚱어리가 얼굴 쳐다보며
베시시 웃는다.

밤기러기

자! 이제 떠나는 거야.
나의 "끼룩"하는 신호로 비상하는 거야
조용히 날자구 눈치채지 못하도록
이따금씩 끼룩 신호를 보낼테니
편대 이탈치 말고 브이자 형으로
대열을 맞추어 따르는 거야
"엄동설한 야심한 밤에
오라는 곳도 없는데
허약한 날개짓하며 어디까지 가려고"
애들아! 조용히 하고 날자
속내를 보이면 아니되
우리들이 꿈꾸는 그곳으로 가기 위해
채비할 비행을 하는 거란다
그 순간까지 참고 인내하며
극지의 엄마를 만날 때까지
무사히 왔노라고 인사 때까지
질펀하고 야들야들한 개펄 있는 곳
두 번이고, 세 번이고 비행 연습하는 거야
그리하여 우리의 멋진 비행 모습을
보여주는 거야. 진실한 모습을~

※ "융문(隆文) 포럼" 발전을 기원드리며.

봄소식 I (立春節 2월 4일)

새봄이라고 하기엔
다소 움츠러드는 이른 아침
그래도
봄은 입춘 절에 어김없이 찾아들었다
한기가 옷 속을 파고드는 추위건만
조금 지나면 누그러지겠지~
어린 새싹이 눈을 비비고
어디쯤 남쪽에서는
봄의 전령 雪中梅가
봄소식을 전하러 기어이 찾아 들겠으며
나무는 연둣빛으로 싹트고
보송보송 오동통 벙글어지는 꽃봉오리
우리들은 한마음으로
새봄! 기나긴 疫病을 이겨내고
상큼한 새봄을 다 함께 맞으러 갈까요

봄소식 Ⅱ

겨우내 바람은
문풍지로 울었다
뒤틀린 문틈 사이로
황소바람이 되어왔다
뼈까지 시린 삼동三冬
기다린 건 온화한 봄이렷다

봄! 봄 내음만 맡아도
싱그러움으로 가득한데
화신은 여인네의
옷차림에서부터 온다는데
호흡하는 것부터 온화하구나
한냉히 한풀 꺾인 상태
피부에 와닿는 느낌이 다르네

벌써 머릿속엔 꽃들로 가득 차 있다
남녘 어느쯤에는 설중매 필 테고
산 너머 어디쯤에는
봄이 상긋 웃음 지으며 찾아들겠지

불확실한 시대

꿈이 무엇이니
앞으로의 계획은
어떻게 먹고살 거니
무엇을 하고 싶니~
연애는 하는 거니
그럼 결혼은 할 거니

자기 생각을 말하면
뜬구름 잡을 생각 하지 말라 하죠

그럼 어떻게 할까
세상이 각박해져서
젊은이들이 안쓰럽다
기성세대가 무엇으로 너희를 도울까
아니야 지금 네들이 우릴 돕고 있잖아
장래엔 청년 한 명이 어른 두 명을 도와야 된다니
정녕 우린 불확실한 사회에
개인은 부자인데 나라는 가난하고
발가벗겨져 있는데 어떻게 해야 해

부모라는 위상

　나이가들어감에따라돌아가신부모님이존경스러울때가많아진다부모님이인간적으로나사회적으로무슨큰업적을남기셨기때문이아니라그저어떻게세찬풍파를살아내셨을까하는"존경심"때문이다어느나이가되어학교에가고,직장을얻고,혼례를치루고,아이를낳고,집을장만하고,그자식을양육하고장성한자녀들을성혼시키고자신의노년을간수하고어느것하나쉽고호락호락하지않은삶을살아왔기때문이다.아픔이없는사람이어디있으며,고통과괴로움이없는사람이어디있으랴!어찌보면인간은각자남들에게말할수없는아픔과고통이있기에평등하다고하는지도모른다.인간은그렇게아파하고신음하고때로는자신의실패와마주함으로써성장해나가고진보하는것이인생인지도모른다세상살이뒤돌아보니착잡해지는심정나는자식들에게얼마나다정다감한애비로사랑을베풀었을까되새김하여본다더더욱이시점에서부모님생각나는것은왜일까?

밝은 달 아래서 〔明月〕

숨소리조차 교교皎皎한
밝은 달 아래서
그대가 너무 보고 싶어
그림자 앞세우고
싸목싸목 걷고 싶다
그 사이에도
그리움이
봇물 되어 미어터져 버릴 것 같은
상념들 ~
장애물은 무얼까
도무지 헤아릴 수 없으니
보고픈 잔잔한 마음만은
밝은 달 아래서
하늘 땅만큼 켜켜이 쌓여만 가는데
쓸쓸해지더라

바람이려오

백두에서 한라까지
불어오는 바람 이려오
때론 세차게
또한 미풍으로

힘 있게 불어준대도
싫은 건 정말 싫지요
강풍이건만
때와 장소를 헤아려야 하오
부드럽게 불어주오
우리네 사람들 사는 곳곳으로
푸근한 여유롬으로
미소 짓는 미풍이면
더욱 친근하게 불어주어요

그러므로
우리가 원하는 세상
모두가 고루고루 혜택을 누리는
자연의 섭리인 자연풍이라오
강제하지 않는 바람 이려오
스스로 순하고 정결한 바람이 되려는 것은
당신의 의무이니까

봄날은 간다

봄. 누가 오라고 해서 오는 것도
기다린다고 오는 것도 아니다
흙더미 속에서 노오란 떡잎 두 개가
오롯이 머리를 들고 올라올 때부터
올 둥 말 둥 하더니만
봄은 우리 곁에 진즉 와 있었다
비, 바람, 황사 속에서도
지천으로 피어 있는 꽃들도
갓난아기 주먹 같은 연초록 잎도
다 같은 봄 동무였다
그런 봄날들이 낙화落花되어
이제는 스스럼 없이 나를 피하려 드는구나
정령 가란다고 가는 봄은 아니건만
찬란한 봄날들은 그냥 허전한 마음 뒤로 한 채
위, 아래로 눈 흘기며
아쉬움 남긴 채 세월 속으로 지나가고 있다

별리別離

朝夕으론 세찬 한파가 매섭다
예전 같았으면 기후가
24절기 대로 움직였건만
이상 기온 상태로 인해 시변時變이다

하는 마음이 情스러워
주는 만큼 주려고 시계추를 느리게 하려 했건만
그래도 그래도
잊으려 잊어버리려고
쓰리고 아픔은 이루 형언 못 하는
아픈 손가락

애당초 신의 도움 없는 인연이었지만
그냥 그냥 흔적 없이
범선처럼 유유히 떠나려고 한다

봄동 (봄똥)

계절은 삼동三冬
손을 호호 불며
두터운 방한화에
털점퍼, 귀마개까지
시장 할매 좌판에
봄동이 한 바구니에
단돈 이천 원
겨우내 추워서
결구結球를 못 하고
상머슴 손바닥처럼 까칠까칠
배추인지 케일인지
아내는 이걸 봄똥이라 부른다
질기고 푸르른 억센 야성이 흠뻑 배어 있다
배추는 결구를 맺어 정착민定着民같으나
봄동은 유목민遊牧民같이 수고롬이 보인다
원칙 없이 자기 맘대로 잎을 퍼뜨린채
눈, 비 서리까지 맞아가며
시련이라는 어려운 조건들을
마치 즐기기라도 하듯이 인내하여
너는 자유로이 제멋대로 자라서
내 앞에 섰구나

3부

//////////

생각이 생각을

방주 聖殿歌

1 하나님의 성전 우리들 교회
　우리의 삶속에서 지어가는 교회
　고귀한 성전 우리들 교회
　우리 손으로 안전하게 짓세

2 방주의 성전 우리들 교회
　한사람 한사람 힘모아 짓세
　정결한 성전 우리들 교회
　너도나도 힘모아 우리 손으로 짓세

※ 2013년 표어: 예수안에서 함께 지어가는 교회
　　　　(엡 2 : 20~22)

瑞 雪

첫눈이 내리는 아침을
서설이라 했어요
비와 눈이 엉켜 내리네요
이럴땐 걸음걸이를 보살펴야 해요
다리가, 발목이, 꼬일수가 있어요
두터운 외투와 튼실한 부츠로
중무장을 해야 해요
이 눈, 비 내리려고
며칠전부터 눈目에서 번개불 돌듯이
열나고 요란 했거든요
남들은 내 몸이 기상대래요
그리하면 돈도 벌고 얼마나 좋을까마는
내 아픔은 재화하고 거리가 멀어요
부정한 것들을 하얗게 덮어주어
참 고마운 서설瑞雪
첫눈이 내리는 날 아내와 손가락 걸어 보았어요
아프지 말자고

생각이 생각을

바람 불다 잠잠한 것처럼
중환자 병동 병원 침대 위에서
멍하니 누워 있던 여덟 번째 어느 날
심근경색 허혈로 스텐트 삽입술
생각하면 생각할수록 심사가 희미하다
방정맞은 생각으로 잘못되면
내자內者는 억울하여 어떤 생각할까~
여지껏 지아비만 보고 살아온 일상
나 역시 참으로 미안했었다
그러나 한가지 깨달음은
일어나 다시 시작 하는 거다.
희망을 품고 건강해지도록
이천, 십, 칠 년, 십이월, 칠일 (2017.12.07) 퇴원하여
귀가하여 보니 생기가 돌고 살 것 같다
절망, 좌절과는 또 다른
다시 일어서자고, 생각이 생각을 키워본다.

※ 2017. 12. 07 성모병원 심장쎈타에서 심근경색으로 스텐드
  삽입 여덟 번째 시술.

복약服藥이라는 명사

이건 약이 아니라 괴물이다
20년동안 가슴이 막혀
네 차례나 구급차로
병원 응급실에서 보자기에 쌓여있듯이
슬프다 참으로 내 처지가

- 혈 당 약 : ① 메트폴정 ② 메트코정
- 협심증약 : ③ 아스피린 프로텍트정 ④ 시그마트정
  ⑤ 이소트릴지속정 ⑥ 트리진정
- 고지혈약 : ⑦ 리피토정
- 뇌졸중약 : ⑧ 프리그렐정
- 고혈압약 : ⑨ 디오반 필림코딩정
- 위 장 약 : ⑩ 덱실란트디알캡슐
- 한냉성알러지 : ⑪ 지르텍

의사 처방전이 이럴진데
내가 종합병원이 아닐까
숟가락을 놓아야
복약도 중지될터인데~
환각일까 사치일까 우울이 될까
깊은 생각에 잠겨본다

위엄을 갖추어 본다만
사람 구실도 못할 처지이기에

이런 약들을 복약하면서 부터는
여기가 막혀
여길 치료하면
저기가 탈이나고
말로는 형언할 수가 없다

답은 딱하나
식습관을 개선하고 몸을 움직여서
혈당을 태우면 간단한데
어디 말처럼 쉬울까
추운곳에 나가면 호흡 곤란 증상이 오는걸

표정만 없지
괴물과 뭐가 다르랴
그래도 희망을 갖고서
믿는자이기에 소망을 가져 보련다
모두가 잘되겠지하면서
주먹을 불끈 쥐어본다

세밑단상

구랍舊臘이나 세밑에
소외받고 가진 것 없는 민초들 중
굽은 허리 펴지 못하고
폐지 줍는 할머니
나무껍질 같은 손등
콧등이 찡하고, 안타깝다. 참
내가 사는 인생이
호사스럽지 않았는지를~
자문해 본다, 이참에

감나무 꼭대기 까치밥 서너 개
석양에 반사되어 참 여유롭다
온갖 새들 간식거리
추수 끝 들판 한구석
남겨진 벼포기는
들쥐들의 식량
동산 밭 모서리
몇 포기 콩대와 수수는
토끼와 꿩이 먹도록의 여유
조상님들의 멋스러움
우리 모두 인내하며 여유를 갖고 기다리자
겨울이 깊으면 봄은 일찍 온다 하였다

小田생각

미물보다 못하고
허점투성이인
나 같은걸 살리시려고
십자가에 매달려
피 흘리시고 찢기시고
분통해 하시는 나의 예수님
하늘보좌 큰 영광 버리시고
나대신 돌아가신
그분이 예수랍니다.
내게 자유의 의지를 심어준 분
그분이 예수님이시랍니다.

석대 들 (전투)

고부 군수의 농민 착취로 인하여
농민들의 동학 결전
최후의 일각까지 격전을 치뤘던
피눈물의 석대 들녘
아버지와 삼촌과 아들이 동학군이 되고
조정과 일본군이 하나가 된 진압군과 맞서 싸우다
장렬히 산화한 동학 혁명군
착취 말고, 공정하고, 바르게, 이끌라고 울부짖음이~
아! 슬프고 눈물 나고 원통하기까지 하구나
우금치 전투에서 녹두장군이 담양부로 압송되는 줄
도
까맣게 모르고
끝까지, 최후일각까지 일전을 치렀던 석대 들 전투
볏짚단을 머리에 고깔 씌워 불태워 죽인 만행
아! 원통하다 분하고 애석하여라
우리는 충렬리 기념 탑비를 보면서
장하다고 장흥 농민군이여.~
거룩히 산화한 장흥 동학군이여.~
천추까지 길이길이 남을 장흥의 선열들이시여

사창에 모여 전열을 가다듬고 일전을 치렀건만
석대 들 전투가 그렇게 치열했던걸
기억하시나이까?
그로 인하여 우리는 민주를 쟁취했으며.
그 전투로 인하여 농민이 대접받는 사회 만들었나이다
꼭 기억하시라 석대 들 전투.
마음에 새깁니다. 장흥 농민군을...

※ 동학혁명 : 1894년 전봉준(녹두)장군이 영도한 동학당의 혁
            명운동
            (청.일 전쟁의 도화선이 됨)
※ 고부 : 전북 정읍시 고부면 (군수 : 조병갑)
※ 우금치 : 충남 공주시→천안시의 고개
※ 석대들 : 전남 장흥군(읍) 남외리 들판
※ 사창四倉 : 장흥 장평면 소재지의 옛이름

소록도小鹿島의 두 간호사

40여 년 전 어느 날
구라파에서 고흥 소록도로
바람타고 구름타고 찾아온 두 천사

예수 사랑 하나만을 품고
순한 사람들만 산다는 소록도로
일명 한센병이라 불리우는 환자들과
삶을 함께한 연륜

실증도 내련만 환한 웃음 하나로
낯설고 물설은 이국땅에서
청춘을 옴싹 바쳐서 환자들과 함께한 생활
사랑의 힘이 아니고서야 어떻게 긴 세월을
처연하리만치 사랑 하나 붙들고

떠날때는 "그동안 감사하였습니다"
메모 한 장 달랑 남겨두고 소속교단으로 되돌아 갔다.

눈물 나도록 고마운 천사 마르안느와 마가렛

※소록도 : 전남 고흥군 도양읍 소록리(녹도) : 한센병 격리 수
　　　　　용병원 4.42㎢
※한센병 : 균이주로 말초신경과 피부에 병변을 뼈, 근육, 안구
　　　　　고환에 침투

마리안느와 마가렛 http://recommend.lovemama.kr/

노벨평화상 추천 백만인 서명운동에 함께 참여해주세요.

"모든 시작은 사랑이었습니다."

소록도 한센인을 위해 1962년부터 2005년까지 40여년간 간호사로서 헌신 봉사하다 빈손으로 오스트리아로 돌아간 마리안느와 마가렛의 희생과 봉사정신을 기리고 전국민의 소중한 자산으로 삼고자 노벨평화상 추천 범국민 서명운동을 전개 합니다.

그분들의 사랑은 소록도를 치유의 섬, 희망의 섬으로 만들었을 뿐 아니라 모든 인류의 가슴속에 영원한 가치로 남을 것입니다.

간호사 마리안느와 마가렛 노벨평화상 범국민 추천위원회

전 라 남 도 고 홍 군   사단법인 마리안느와마가렛

세월이 가면 I

세월 속에서
어간에 비는 주룩주룩
밖은 어둑한데
달려갈 길은 아직
왔던 것만큼
더 갈 수 있을런지
젊어 푸르름은
왕성하였건만
역할 다하고 누렇게 빛바랜
아비는 낙엽으로 변해 버렸다
세월이 가면
길 위에 길이 없듯이

세월이 가면 II

새해 신정, 설도 지나고
이십사절기의 입춘 정월보름 우수도
용암처럼 꿈틀대던 삼일절도 지나고
개구리가 깨어난다는 경칩이 올라치면
화사한 마음으로 새론 계절을 시작하고파
내 마음 한켠엔 봄은 미리 찾아와 있었다

해마다 계획은 야무졌는데
일상은 편린이 되어
미세먼지처럼 공중곡예를 한다
날이 가고 달이가고 세월이 지나면
나에게, 우리에게, 남는 건 무엇일까
삶에 지쳐 고단한, 생을 벗하며 여기까지~
어느 곳으로 활보를 해야 할까
세월 가기 전에 아쉬움과, 고단함은
삶의 무게를 달아서 상자에 차곡차곡 담고 싶어라

※ 경칩 : 24절기에 한절기 3월 5일 전후

11월 장미

아파트 담너머
너뎃송이 빨~간 장미
낮달과 어줍잖케 인사하고
수줍음타는 네 모습

머리내어 밀때가 5월이잖니?
그런데 어디에서 해찰부리다
이제야 빠끔히 비추이는 거냐
밤새 찬공기에 춥지는 않았는지

계절의 여왕이라는
빨간 장미꽃
철지난 자태지만 위엄은 있어서
어느 누구라도 범접할 수 없다지

입동立冬 철 가까이에
수줍은 듯 피어서
헬쓱한 이 계절에
싱그런 5월을 환기시켜주는 건
오직 너뿐이지만
난 네가 너무 안쓰럽구나

신 기 루

어른께서 병원에 계신다는 소식을 접하고
당일로 "비사벌"을 다녀올 요량으로 집을 나섰다.
정 많으시고 靑岩 부인같은 고결함.
이 생각 저 생각 또한 방정맞은 생각이 겹쳐진다.

포도위의 잔영이
어른어른 거릴때
내가 남인것 보다, 남이 나인것처럼
내안에서 너는 아무것도 없다고 했었다.

아지랑이도 아닌것이
강력한 시선으로 들어와
어느 몸 한쪽에 또아리를 틀고 있다가
짧은 순간 화학반응으로
깨끗하게 사라진다고 했었다.

완강한 몸부림은
신기루의 허상처럼
네 자신마저도 흔적도 없이
당신 의지대로 제하여져 버린다고 했었다.

산 벚꽃

계절은 초록
산 중턱에 눈꽃이 피었구나
연둣빛 초록 중앙에
도드라지게 핀
하얀 산 벚꽃 군락
달리는 차 창 속에서
눈이 호강하누나
시선을 한 몸 받아
잔뜩 뽐내는 폼이
너는 외롭지 않아서
참으로 좋겠구나~

사랑하는것과의대화

봄바람에게말을걸어보고까막까치에게도후여후여~
말을걸어본다이른봄행랑채앞에다정히서있는매화나
무젖멍울같은꽃봉오리터지는날봄바람에시린이처럼
벌한마리어디서왔는지윙윙~안으로내재되어사랑스
런대화는시작된다.곧은절개지키며병졸兵卒처럼반듯
하게도열해있는대나무들바람과놀다가흔적없이그곳
에서치미딱떼고서있는뒷동산늘푸른적송赤松장다리
꽃에도토담에게도말을걸어보고너무일찍마실나와멋
쩍어하는낮달이내게인사한다.

함초롬히이슬머금은야심한달밤,초가지붕하얀박꽃
에서도아내에게서느끼는다정한정분을느끼며이른아
침이슬젖은나팔꽃에서는엄부嚴父와같은엄숙함도느
껴본다,이시대팍팍한우리에게는소중하고귀중한지금
이기에나답게우리답게품격을만들어서좋은날어디에
다견주어볼수있을까?내사랑하는모든것을그모습그
대로사랑하련다.

삼겹줄사랑

한 줄 두 줄은 아빠 엄마
또 한 줄은 주.도.세.[①]
한 겹보다 두 겹이 든든하고
세 줄은 더욱 튼튼한
세 가닥이 힘을 합치면 삼겹줄사랑
그 누군들 쉬이 대할까

혼자서는 세 줄을 만들 수 없고
둘이라야 삼겹사랑을 만들지
셋이 마음을 합하면
역발산[②] 기개세보다
힘과 역량을 발하여
얕잡아보지 않을뿐더러
마음속 위안도 되리라

그래도 난 너희들이 있어
험한 세상, 마치는 날
행복하였다고 말하련다

※ (전도서 4:12) 한사람이면 패하겠거니와 두사람이면 능히 당
　　　　　하나니 삼겹줄은 쉽게 끊어지지 아니하느니라
① 주.도.세. (주희, 도희, 세희 3남매)

세파世波 유감

비가 오면 비로 머리감고
안개끼면 안개로 세수하고
동가숙, 서가식하며, 이런 生들을 지나 왔다
오늘이 있기까지
출중하고 준비된 두분 朴, 金①
세종 성군이래 한 세대를 함께 하였다는
얼마나 뿌듯하고 보람인가
때로는 오해도 미움도 있었지만
世波, 지나 놓고 보니 민초들을 위한
수단과 방법이 달랐을 뿐
궁극적으론 더 좋은 미래
더 훌륭한 부강강병富强强兵
좋은 나라, 행복한 나라 사람이 먼저인~
후손들에게 주고픈 애국심 나라 위한 충절
모두들 용광로 속에 녹여서
새로운, 大同世上을 만드는 것이다

① 朴 : 박정희 대통령, 金 : 김대중 대통령

설날아침

설은 모두가 음식을 나누고
삶을 나누고, 즐거움을 나누는 명절이면 좋겠다

서로의 관계가 살을 빼도록
홀짝 해야 할 만큼 무겁지 않은
가볍디가벼운 그런 날이면 참 좋겠다

아내에게 남편에게 또 아이들에게
온전히 하루쯤 연휴 속의 휴가를 주면 어떨까?
내심 역지사지하며
역할도 바꿔 해보는 것도 좋을 성싶어진다

배려해 주고 싶은~ 그런 설날 아침을
넌지시 맞이해 보고 싶어진다

소풍가는 날의 기도

거룩하시고 정의로우신 하나님
은혜스런 날 주님의 자녀들이
가벼운 마음으로 소풍을 떠납니다.
하나님의 사람으로 온전케 하기 위하여
사랑하는 주님 앞에 안녕과 평안을 고하며
주님만을 의지하며 기도 올려드립니다.
바람에 잔잔히 밀려 철썩대는 바닷물같이
산과 들을 자유의 의지인처럼
훨훨 날아다니다 오렵니다.
주님 큰 팔로 감싸주시고 보살펴 주소서
우리들은 노년으로 접어든
이제부터라도
듣기는 속히 듣고, 말하며 성내는 것은 더디게 하시고
짬 내어 가는 소풍 돌아올 때도
은혜중에 은혜 입어 두려움도 제하여 주소서
지금껏 내가 나 된 것은 주님의 은혜이옵니다.
말갛게 얼굴 씻겨 한 사람씩 불려 올릴때에
자녀 된 우리들 잘했다고 칭찬받게 하시고
주님 보고 풀 때 볼 수 있도록 특권 내려 주시어
소풍 가는 즐거움처럼 한 사람씩 이름 불러주소서
주님 아인 이히 리베(주님:진정으로 사랑합니다)라고
말하렵니다

※ 방주교회 모세회 봄철 야외예배

사랑의 예수님

성탄에 부쳐

지극히 낮은 곳으로 오시어서
아기가 되신 예수님
침묵의 빛 속에서 말씀으로 누워계신
빛의 예수님 당신을 사랑합니다.
비록 가진 것 없어도
사랑하는 마음 하나만으로
당신을 기억하게 하소서
하나님의 사람으로 온전케 하시고
정직하고 반듯하게 신앙을 고백하게 하소서
겸손하고 어른스럽고 성숙되어지는 사람으로
낮은 곳의 사람들을 보며 지혜를 배우게 하시고
하나님께 칭찬받는 우리 되게 하소서

고통을 소리내어 말하지 말고
눈물을 안으로 안으로만 감추며
당신의 큰 뜻으로 우리 예수님을 낳았습니다
시장터 같은 일상사에 물들지 않고
조용히 사무치는 말씀의 목소리를 듣기 위하여
우리가 더욱 고독을 느끼게 하소서
진정 당신이 오시지 않으셨다면
우리에게는 아무런 희망도 기쁨도 없답니다

또한 평화도 구원도 없답니다
당신의 오심으로 우리는
희망과 기쁨 속에서 다시 살게 됩니다
악한 마음과 나태한 마음을
몰아내기 위하여 어서 오시옵소서
당신의 오심을 진정으로 헤아려 보게 하소서

거칠고 힘들 때마다
찬바람 일고 배고플 때마다
홀로히 눈물 흘릴 때마다
버팀목 되어 주시고 등불 되신 우리 예수님
우리가 당신께 드릴 말씀은
경배드리며 "사랑합니다"라고 하는 이 한마디
우리는 오늘 밤에 모든 죄를 말갛게 씻고
실컷 울어도 좋을 우리 예수의 분신들
새롭게 태어난 별이 되고 싶습니다
하늘에는 영광, 땅에는 평화가 가득하길
우리 예수님께 낮은 음성으로
잔잔하게 속삭입니다
내 주님! 진정 사랑합니다라고

四月이 오면

왠지 새봄 四月이
기다려진다
눈을 비비며 기지개를 켜고
나뭇가지 새싹에 물이 올랐다

제주 4.3사건
4.16 세월호 사건
4.19 민주혁명 일에
다분히 부채 의식은 내재內在 있으나
뭔가 희망이 솟을 것 같은
기분과 선입견이 든다

장기간 코로나19 바이러스에
움츠려 있는 우리 모두에게
단비 같은 소식이 있을 것 같은~
4월이 오면 기대와 설렘이
가슴속에 포근히 자리 잡게 되길 소망한다

설 렘

이런 순간들을 기억하시나요

중학교 입학 첫날 교모를 쓰고 조회 참여한 순간
직장을 얻어 첫 출근 준비로
하얀 와이셔츠에 넥타이 차림으로
거울 앞에서 앞태와 뒷태를 보고 또 보고
어딘지 구두 신는 어색한 모습
아버지 별세 소식
맞선 볼 때의 두근거림
처음 아빠가 되었다는 전화 전갈
처음엔 익숙지 않아서
어색함으로 마음을 가득 채울 때
이 모두가 처음처럼이라 하지 않던가
지내놓고 보니 이 순간들이 초발심으로 참 순수하였다.

우리 삶에서 설렘은
사단칠정四端[1]七情[2]중
어디에 속할까

※ ① 사단 : 惻隱之心, 羞惡之心, 辭讓之心, 是非之心
　② 칠정 : 喜, 怒, 哀, 樂, 愛, 惡, 欲
　③ 설레임 : 마음이 가라 앉지 아니하고 들떠서 두근 거림(설렘)

숲속에서

늘 푸른 소나무, 굵은 둥지 아래서
숲 찬가를 불러보았다 무수히 많은 나무들은
태초부터 한 번도 사람과 산짐승을 해하지 않았다
정말 믿기지 않는다
토끼가 오면 토끼를 사슴이 오면 사슴을 받아주다
오늘은 나를 살며시 받아준다
사람들은 숲속에 가면 두렵지 않으냐고 묻는다
숲이 깊으면 깊을수록 마음은 편안하고
마음과 폐부를 정화시키는 곳이 이만한 곳이 있을까
어느 날 고목 아래서 또 관목 풀 속에서
어느 날은 동쪽으로, 남쪽으로~
하늘을 향한 창문은 항시 열려있고
모기와 개미의 정탐, 쉬파리의 비행을 구경하며
산새들의 울음소리, 들쥐와 솔개의 숨바꼭질
이 얇은 천 하나를 중간에 두고
나와 숲은 오늘만이라도 함께 생존한다

새봄을 기리며

얼마 전 내린 함박눈 속에
노랑 병아리처럼
오종종, 빼꼼하게
피어난 복수초福壽草
새로운 봄날
입춘을 나흘 앞둔 상쾌한 날

봄 색깔이 무슨 색이면 좋을까?
어떤 냄새로 우리 곁에 오면 좋을까?
보다 더 간절한 것은
모든 곳이 자연 그대로이면 참 좋겠다
소원이 있다면
역병疫病인 "코로나19"만 썩 물러갔으면
원하는 것도 소망도 하나도 없다.

새벽 첫차

푸석푸석한 얼굴로 첫차를 기다린다.
5시 30분 출발하는 새벽 첫차(사당역)
도심에는 60대 청소노동자
지방 가는 70대 건설노동자
학원가는 20대 취업준비생
새해 소망은 단 하나 행복.

행복이 무엇일까?
아프지 말고, 소박함이 아니던가

청소노동자. 움직일 시기에 움직여
적은 급료지만 자녀에게 손 벌리지 않으려
건설노동자. 배운 기술 풀어 써
가사에 보탬이 되며 몸은 힘들지만 맘 편히 지내려
취업준비생. 장래를 비상飛翔키 위해

우리의 행복은 누가 지켜주는가
내가 지키고 자신이 지켜야지
3050시대의 삶의 노동자
알고 있는가 우리의 진정 고마운 벗은
버스와 지하철이라는 것을.

水 鍾 寺

안개 자욱한 날
운길산 수종사 전망대에서
두물兩水里 머리를 바라보아라.
남, 북한강 합수점에서
용 두 마리가 龍沼에서 금방이라도
오를 것 같은 곳이란다.
어머니 품처럼 아늑하고 넉넉한 곳
굽이굽이 도도히 흘러온 곳
뒷물들이 앞물을 슬금슬금 밀어내어
팔당에서는 숨 고르기가 장관이란다.
오백 년 묵은 은행나무가
어서 승천하라고 오감을 자극하는구나
노을 고운 황혼 녘
지긋이 눈감고 수종사 전망대에서
잔잔히 굽어 도는 민족의 젖줄을 바라보아라
가깝지도 멀지도 않는
두물兩水里 머리를 바라 보아라
최상의 압권이 아니련가?

※ 雲吉山 水鍾寺 : 경기도 남양주시 조안면 소재
610m 조계종 사찰

설 (새해)

섣달 그믐밤에 시간이 멈춘다
지나간 사건들이 종료되고
삶이 새롭게 갱신하기 위해
잠시 정지된 듯하다

세속적인 축제의 모습
축제란?
현실이 잠시 멈추고
윗사람과 아랫사람
친척과 먼 친척(이방인)
죽은 자와 산 자가 화해하는 의례.
기간만큼
시간이 멈추고
평화와 관용이 넘쳐난다.

관성에 떠밀려 살아낸
한해를 털어버리고
무언가 다른 가능성을 타진해 본다
우린 과거라는 유령을 매장해야 된다
용서로 풀어낼 진지한 성찰省察이
우리 삶의 대미大尾를 장식해야 한다
송구영신送舊迎新은 동시에 일어나야 되며
적어도 설이라는 번쩍 지나가는 틈을 통과하며
잡을 수 없는 사람과의 손을 잡고, 온정을 나눈다
틈새가 없으면 화해和解도 없다
그리하여 설(새해)은 우리의 화해가 되었다.

사랑의 조건 〈하나님은 사랑이심이라〉

우리는 사랑의 질서를 배웁니다
또한 사랑이라는 법칙을 배울 것입니다
주님 우리는 "아가페" 사랑만을
참사랑이라고 배웠습니다
나는 나에게 우리는 우리들에게
부드럽고 아름다운 사랑으로
더 가까이 다가가고 싶습니다
사랑의 조건을 이루기 위하여
서로 사랑하여야 할 것입니다
가장 합리적인 사랑을 할 것이며
생수의 강 같은 "아가페"적인 사랑이
우리의 가슴을 촉촉이 적셔 올 때까지
사랑은 기도하는 마음이라야 합니다
내가 사랑하듯이 "너희도 서로 사랑하라"

〈요1서 4: 8하반절〉

아낌없이 주는 나무

나무는 나무는
사시사철 쉼 없이
사랑으로 우릴 도와주었다

소리소문없이
연초록 보드란 애기 손을
키워 내더니

오름으로 내림으로
그늘을 만들어
호흡으로 돕는 너는
지친 모두를 쉬게 하였다

온갖 날짐승의 쉼터
우리에겐 열매와 단풍까지도
아낌없이 주었다

올곧은 선비처럼
눈꽃을 피우며
나무는 사랑까지도 듬뿍 주었다

※ 제4회 나라사랑 시화전 출품작
  (사)한국현대시인협회
  후원: 문화체육관광부
  장소: 서대문 독립기념관 內

아버지의 밤

밤이 새도록
해소 기침
삼동三冬에는 더더욱 애달파
싸락눈 내려
교교皎皎한 달빛이 대밭에 와
사각사각 댓 닢 부딪히는 소리
해소 기침 어우러지면
곤히 잠들어 있는 식솔들
무정하련만
올망졸망 생각 없이
잠든 모습 바라보며
청출어람靑出於藍 청어람
희미한 미소 띄우신다
오밤중에 詩의 재료는 많은데
詩는 어지러웠다
시는 항상 배고픈거니까
그래도 필기장에라도 적어보겠다

※ 조계춘 제2시집 "내사랑하는 것과의 대화" 중
　　　　　"아버지의 밤" 1973. 9. 24 작고

아프지 말아라

나는, 우리는, 그래도 그래도
여기까지 숨 쉬고 살아왔지!
세월이 하! 수상하다
한마디 거든다면 아프지 말아라
앞만 보고 생각을 정리하여서
넘어지지 말고 뚜벅뚜벅 걸어라
힘든 일상이다만 봄은 머지않아 온단다.

한마디 더 한다면
정직하게 살아라 그리고 쉬지 말고 걸어라
가다가 쉬어감은 안타까움의 극치 아닐까?
상처가 있다면 입으로 호호 불고
어깨동무하고 가거라
내 상처는 남이 감싸주지 않는다
자생력을 키워서 지혈이 되도록
안으로 안으로 내성을 키워라

푸른 건아, 대한의 아들 딸들아
아프지 말아라 너희들이 아프다면
내 마음은 서글퍼지고, 안쓰러워지니까

운무雲霧

양평 서종 노문리에서
통유리 사각 통문으로
바라보이는 통방산
보기 좋은 한 폭의 수채화로구나
팔, 벌리면 가까이서 잡힐 듯
힘차게 살아서 움직이는 운무들이
어느 것이 구름이며
어느 것이 안개인지
산굽이를 휘돌아 넘나드는 운무가
오감을 자극하는구나

석양 무렵엔 소낙비가
온 대지로 세차게 적셔 든다.

※ 2018. 6. 29 오후 시간 경기 양평 서종면 노문리 임항재
   목사님 댁을 방주 드림 교우들과 함께 심방 ① (通方山,
   650m)

예 전 엔

젊은 날 밤샘을 하며
유치환의 "깃발"을 읽었었고
영랑, 김억, 김동환 글을 줄줄 암송했으며
군軍 첫 휴가길 신새벽에는
사직공원의 용아 박용철"떠나가는 배"시비를 찾아
기념사진을 찍어 두었었다.
예전엔 날 새는 줄도 모르고 읽고 암송하였는데
지금은 시 한 줄 외우는데 많은 고통이 따른다
아! 젊었을 때 그 열정
다 어디로 가 버렸을까?
그때가 다시 온다면"해에게서 소년에게"서부터
곽재구"사평역에서" 문태준"가자미"까지를
한자 한 획도 빼놓지 않고
암송하고 다 외워 버리겠지만
그 시절 그 열정 다 어디로 갔단 말인가?
아! 서러워라
길게 한숨 지어보는 미완의 시詩세계
세월이 변하니 몸도 마음도 변하는가
이른 새벽이 마냥 쓸쓸하기만 하다.

영원에서 순간으로

내 가슴에 지옥이 찾아왔다
가슴을 주먹으로 두들겨 보기도 하고
깨금발하고 뛰어도 보고
드러누워 굴러보기도 하고 앉아있기도, 안절부절
가슴이 찢어지려고 하니 지옥이 이리도 무서운 겐가

실려 가서 침대에 누워있으니
뜨거운 피눈물이 끈적끈적하다
두 번씩이나 지옥 체험하고

영원에서 순간의 나락으로 곤두박질 하던 날
무섭고, 두렵고, 외롭고, 아프고~
"난 아직 갈 때가 멀었다네, 더 기다리시게나"

무료할 정도로 나이를 헤아려 본다
하늘 아버지께서
"하던 일 마저 마치고 와야지 않겠느냐"
하시는데, 희미하다.

눈떠보니 내가 살던 집에 와있다
전날 하나님께서 (故)어머니를 통하여 어서 가라고
손짓하시더니 다시금 생각해 보니 순간에서 영원까
지였다.

※ ②2010. 7. 12일 새벽 2시 심근경색으로 119에 실려 응급실
  갈 때까지 하나님께서 (故)어머니를 통하여 선몽 하시더니 순
  간에서 영원으로 두 번씩이나 ①(2005. 3. 6일) 길 안내하시
  고 나를 이처럼 사랑하사.

이별

이별이라네
나그네 길가다
헤어지는 이별이라네

이제는 영원히
만나지 못하는 이별이라네

헤어짐은
다시 만나는 약속이지만

또 한 이별은
영생으로 가는 만남이라네

두 이별이라고 하였던가?
영원히 영생永生하는 만남인 것을

우리가 원하는 것

안개 가득 끼어 어스름한 새벽녘
비 오는 날의 정오
눈 내리는 오후
어서 빨리
맑고 청명한
날로 돌아서기를
우리는 얼마나 기대하였던가
그리고
우리에게 더 무엇이 필요한가를
곰곰이 되짚어 보질 않았던가
다시 새로운 계약서를 쓰자고
참 계약을 맺자고 많이 고민하지 않았던가
혹여 틈새는 없는지
또한 불편 부당한 이름들은 없는지
우리가 원하는 것은 무엇인가
기초적이며 초보적인 사회 계약을 다시 쓰자고
성숙된 맺음을 이루어 가자고
우리 스스로가 자문자답하여 본다.
비 오고 눈 내리는 암울한 날이 오기 전에
부드럽고 유연한 사회와의 계약을 맺어야 된다라고
우리가 원하는 한 가지는
공정한 사회이며
다 같이 함께하는 경제 민주화인 것을.

※ 미국 월가 점령운동이 세계적으로 확산되는것을 보고

어떤 죽음

어미 닭이 산지렁이를 입에 물고
신호를 하면 병아리들이 모두 모두 모여든다.
나는 어렸을 적에 병아리들이 돌림병으로
고개를 늘어뜨리고 죽어가는 모습을 본 적이 있다.
애처롭기 그지없지만
어미 닭은 몇 번이고 아기 병아리를 불러 모은다.
살아있는 병아리는 신속히
어미의 부리에서 산지렁이를 낚아채
어디론가 사라져 버린다.
병든 병아리에게 입을 벌려 물을 먹여 보았지만
효험도 없이 그냥 시들어만 갔다.

이십여 년 전 오대양五大洋 사건으로
사이비 종교 집단이 동반 자살한 사건을
텔레비전 화면을 통하여 본 적이 있다
그러나 정작 나는 어떻게 해줄 수가 없었다
물도 먹여줄 수가 없었다.

얼마 전 인천에서 어떤 엄마가

아들, 딸들을 고층 아파트 옥상에서
밀어 떨어뜨리고 본인도 투신자살하였다는 기사를
신문을 통하여 접하였다 "생활고라 하였는데"
여기 죽음 또한 병아리처럼 물도 먹여 줄 수가 없었다

죽을힘으로 열심히 살아가면 될 터인데
어쩌다 철없는 어린 남매들까지
죽음으로 내몰았을까?
그 순간 하나님, 하나님 두 번만 불렀더라도 ~
하늘 아버지께서는 이런 죽음은
진정으로 원치 않으시는데 ~

인동초 지다

그렇게 굳건히
한겨울에도 굽힘 없이
지혜롭고 인내하며
피어나던 인동초
매스컴에서는 이니셜만 보여도
진정 반가웠는데
세상을 뒤로하고 스러졌다
정치 헌금도 한 번도 못 하였건만
당신을 보내고 나니
너무나 미안하고 죄송한 마음
그 분야(정치)하고는 내 삶이 멀어
외면하다시피 하였었는데
김대중 자서전을 읽어보고
뒤늦게 전직 대통령 묘소를 찾아
"이제야 찾아뵈어 진정 죄송합니다"
방명록에 서명하고 헌배하였다.
평소에 보탬이 되지 못했었는데
자서전이라도 구입하면, 인세라도 도움이 될까?
인동초로 사셨던 당신의 족적을 추억하며

승리의 면류관을 쓰셨을 줄 믿는다.

인동초의 향기가 우리 사회 곳곳에 스며

값진 삶이 될 수 있도록 인류를 도우소서

※ 인동초 (김대중. 호 : 후광 전남신안 하의면 1924. 1. 6 ~
2009. 8. 18일 서거 대한민국 제15대 대통령, 정치인, 사상
가, IMF극복선구자, 노벨평화상수상, 자서전을 읽고 참스승
이시며, 선각자이고, 박식하고, 정말 똑똑한 우리의 큰별이
쓰러짐을 안타까이 생각하면서 한 시대를 구가하셨던 분께
큰박수를 보낸다.

4부

//////////

울
지
마
라

立 秋

서늘 서늘 입추인가요
아직은 아직은 ~
한낮의 뙤약볕은
숨을 멎게 하구요
모자, 양산 없으면
외출은 그만
어린애들 학교 등교시기엔
정말 서늘해져야 되는데~
소원뿐이지만
그리되려나?
한낮이야 35℃~36℃ 폭염이라지만
朝, 夕으로는 서늘서늘 해지거라
소원 한번 빌어보자꾸나
그리고 응답해 주어라
달구어 질대로 달구어진 하나뿐인 지구를
쉽사리 쉽사리 근본부터 해결해야지
지구가 놀랜 것 같지 않니?
天地의 열기로

입 동

가을은 떠남을 미루고
긴 여운을 남긴 채
우리 곁에 무엇으로 남았나
겨울은 시린 발걸음으로
경계를 야금야금
베어 물고 들어오는 계절
코를 훌쩍이고
코트 깃을 추슬러본다만
한기가 파고 듦은
어린애가 가슴을 파고들 듯이
언제부턴가 가을이며
어디부터가 겨울이런가
경계가 애매한 입동

※ 24절기 중 입동 : 11월 7~8일 입동

아가! 빨리 집에 가자

2020 庚子年도 끝나갈 무렵 십이월 어느 날
둘째 외손녀(천재현 10개월)가 열이 나고 보채서
의원엘 갔다.
설마 "코로나19"면 어쩌지 조마하던 차 다행히 음성
자고 나니 열이 더 심하여 소견서를 들고
이십삼 일 종합병원에 입원을 시켰다.
의사 소견은 "가와사키병" 아닐까 의심한 후
입원 복 입혀 놓고 병실에서
휴대전화로 인스타그램에 글을 보내왔다
에미 왈 "눈도 통통 붓고 입술도 부르트고
아가 빨리 집에 가자"
그 사진을 보니 눈물이 왈칵
"참으로 할아버지가 아프고 말지 안쓰럽다 차도는?
어서 완치하여 네 방에 가서 편히 지내거라."
연락 오기를
"확실치는 않고 검사 결과가 나와봐야 알 수 있어요."
두 밤 새면 성탄이다. 성탄절을 입원 병동에서~
기도하고 응원하마 툴툴 털어내고 일어나자
만감이 교차한다.

아첨阿諂

신태현 전직 육군참모총장 및 국방장관

*"조선 청년의 꿈은 천황폐하를 위해서 목숨을 바치고
야스쿠니신사에 가서 신이 되는 것이외다"*

이용준 전직 초대 육군참모총장 및 독립군 토벌대

*"천황폐하 저는 대화(大和) (일본 정신)에 가슴이 벅차
고 뜁니다. 그리고 천황폐하 감사합니다. 감격스럽습니
다. 우리 조선인을 징병해 주셔서"*

세 치 혀로 어쩜 그리도 듣기 좋은 소릴 했는가 정
녕코 훗날 후회할 것이로다. 1949년 6월 6일은 친일
경찰이 서울 중부경찰서에 설치된 "반민족특별위원
회"를 습격한 날 이 기회에 11월 17일이 "순국선열의
날"이니 근거 없는 현충일을 개정하여 보자고 건의
하여 볼까? 아첨! 개인의 영달을 위하여서는 참 좋은
것 같지만 훗날엔 독이 되고~ 일본 앞잡이의 졸개들,
풍수지리적으로 국립 서울현충원은 포란형, 배산임
수, 좌청룡 우백호에 한강이 흐르고 그중에서 신, 이
가 묻혀 있는 장군 묘역은 명당 中의 명당이렷다. 친
일 거두들 60여 명이 묻혀 있다 하니 입맛이 소태처
럼 쓰다.

2020년 6월 6일 현충일에

인내의 삶

바리데기로 살아온 긴 세월
무엇하나 내어놓을 것 없지만
인내하며 사는 삶 많이 서러 왔었다
정직하나 믿고, 진리가 자유한다는 그 말 한마디
그저 그러려니 하며 지내온 인생
참고 인내하니 평강의 삶이 주어지는구나

지친 새가 숲으로 돌아가듯
내 작은 오두막이 지친 몸을 뉘어주고
딸은 시집가고 아들은 혼인하여 자손이 번성하니
오동梧桐에 밝은 달이 걸려 있고
버드나무柳에 청풍淸風 이 깃들듯

평안하고 느긋하게
욕심 없이 기도하는 맘으로 살아가니
그저 그저, 하루하루가 감사함이다.
별을 헤이 듯, 바람이라는 인내를 기다리면서~
이것 모두가 은혜 아니고 무엇일까?

牛子야 豚子야

안동에서시작되었던발굽이두개된너희들에게는치명적인口蹄疫(foot and mouth disease)이라는해괴한재앙이하늘도땅도모르게찾아들어뚫리고뚫려전국곳곳을활개치며돌아다닐때이아버지는어떻게할방도를몰랐었다.지금이라도 최후의보루인三南지방만은지켜낸다고소독하고왕래를끊고야단법석인데제발 이곳만은그냥지나갔으면하는이애비의솔직함이구나미안하다진정으로미안하다 너희를손으로받아애지중지키웠건만침흘리고다리절어시름시름앓다가가는줄 예전에미처몰랐었다죽어식탁에오른다면이애비는서럽지는않겠지만"안락사"라니하늘이무너지고땅이꺼지는것같구나이답답함옹달샘이라도찾아서벌컥벌컥 물이래도너잠시외출다녀온다고할때에말려도소용이없을줄알았단다말을잃은 사람처럼멍해져가지고너희사랑없인견딜수없을것같구나너희형누님학교가르치고가용쓰고언니들잔치할때제일앞장선너희들을이렇게허무하게보내다니포크레인소리만들려

와도모골이송연해지누나너희들보내고나면애착이사
랑이붕괴되어 우울증오고야말텐데서러워서어떻하니
보고싶어어떻하니우유병에타놓은우유 누가먹을까
불쌍한내새끼들이애비가지금이래도귀향명령을내릴
테니살아만돌아와다오

※ 2010년 11월 17일 안동에서 시작되어 전국적으로 확산된
구제역(굽이 두 개인 모든 짐승이 침 흘리고 다리가 절어 시
름시름 죽는 병 사망률 5~50%, 가축 전염병 36일간 진행된
한파속에서 사료를 실어 나르는 인부 및 자동차 소독을 등
한히 한 결과도 크다고 함) 한파주의보 (2010년 12월 24일
~ 2011년 2월 1일까지) 포크레인으로 구덩이를 파서 300만
마리를 매몰 살처분 시켰음)
※ 三南지방 (전남, 전북, 경남) 3개도를 일컬음

임진강 왜가리

오고 가는 이 없는
삼팔선 디.엠.지
어쩌다 어쩌다 외세에 굴종하더니
이렇게 되었나 이렇게 되었을까
강 한가운데 서 있는 왜가리
참으로 부럽구나

동,서로 갈림도 지긋지긋한데
소통도 어려워 불통이랴
남북으로 갈려서
대화도, 왕래도 없으니 누굴 원망하랴
팔자 탓하기는 너무 아까운 시간

시작하자 대화를 임진강 왜가리처럼
경계를 넘어 남북으로 훨훨 날아다니면서
대화하고 소통하여
통신 통행 통일을 이루어 보자.

우리는 I

"지으신 모든 것을 보시니
보시기에 심히 좋았더라"
말씀으로 태어난 자손들
서로 위해주고 감싸주고
덕을 베풀어서
보송보송 맑디맑게
햇빛 비치는 한낮처럼
상대를 돋보이게 해주어야 할 것이다

푸른 하늘 우러러
아름다운 삶을 살아가도록
우리 모두 이마에 손을 짚어주자
"사랑"이라는 말씀을
모두 실천해 나아갈 때
우리는 한마음 되어
은혜의 푸른 물방울로 가득할 것이다
(창세기 1:27)

우리는 Ⅱ

우리는 무얼 하기 위해 여기 왔는가
저마다 타고난 소양을 길러
갈고 닦은 지혜로 적재적소에서
앞날의 밝은 미래를 구하기 위하여
차근차근 헤치고 깨우쳐서
민주의 초석을 다지기 위해 여기 섰노라.

마주칠 때 손잡아 주고
격려하고 다독여 주며
칭찬하고 덕담하여 주어
기를 살려 함께 가자고
은은한 눈빛으로

우리는 우리를
보듬고 껴안아야 주어야 겠노라고
재차 다짐하여 본다
잃어버린 그 무엇인가를 찾아서

어머니 Ⅰ

이른 새벽
창문 열고 어머니를 불러봅니다
보고 싶고 그리울 때마다
하늘을 보면서 어머니~
그럴 때마다 응답 주시는 내 어머니
내 곁에 오셔서 같이 있어 주시기를~
간절히 소망합니다
아니 단 일 분 만이라도
아니 아니, 한순간만이라도
내 앞에 계셔주시기를
이것이 꿈이 아니기를 두 손을 모읍니다
사랑하고, 보고픈, 내 어머니
불러보고 또한 뵙기를 간절히 간절히

어머니 Ⅱ

솜이불이 따스하다 하여도
어머니 가슴만큼 따스할까요.
나 어릴 적 해찰害察부리다
부지깽이로 종아리 얻어맞았는데
유소년 때라 행동이 민첩하여
어머니 손안에서 빠져나가면서
어머니가 사람 죽이네 하며
소리 지르며 고샅으로 내달았는데
철없는 자식 지금 생각하니 부질없는 짓이었습니다.
어머니!
차라리 그때가 생각납니다.
원래 말수가 없으신 어머니
오죽하면 부지깽이를 들으셨을라구요.
뇌졸중으로 몸져누워 계신 당신께
부지깽이 선물하오니
그 시절 그때 힘으로 이 녀석 종아리
몇 대만 때려 주소서
곱디고운 자태는 찾을 수 없으나
포근하고 아스라한 정情은 예나 지금이나
모정母情 이었습니다.
어린 자식이 부모 되어보니
더더욱 어머니 마음 아스라이 생각납니다.

2001. 7. 13 (음 5/22卒) 김天

어디사세요?

누군가 어디사세요 물으면
괜히 죄지은 사람처럼
부끄럽고 얼굴이 홍조가 일고
못난이가 되는 것 같아진다

왜 그럴까
이 시대 들어 아파트가 돈이 되니까
단지도 "래미안, 푸르지오, 자이, 더샵~
어디쯤 사는 구나보다 얼마 가졌구나로
머릿속은 혼란스러워진다

그러면 나도 속물인가 그게 아닌데
여지껏 차근차근 정직하게 살아왔건만
왜 나는 남들처럼 변변한 아파트 한 채
즉 말해 돈이 없을까

잠자리에 들면서 현재 사는 곳만큼도
감사하면서 숙면을 청하여 본다
꿈에서라도 못난이로 능력 없는 자로
비쳐질까 겁이 나는 건 무얼 의미할까?

인간 폭력시 하나님은 어떤 일을 하셨나요

빛으로, 말씀으로, 오신 하나님
우리는 오직 정의가 참 진리라고 배웠습니다
하나님께서는 폭력을 가르친 적이 없으셨는데
정의正義, 정의는~ 추락하였나요

동족 간의 싸움 6.25 한국전쟁,
제주 4.3사건, 여수 순천사건, 거창 양민학살사건,
우방의 묵인하에 저질러진 만행
5.18 광주민주화 운동,
참으로 서럽고도 슬픈일입니다.

모두 열거하기도 창피하고, 폭력들만의 부끄러움
폭력은 폭력을 부르는데,
민초들은 순한 羊처럼 당하고만
하나님 그때 그 당시 그자들에게
"나는 폭력은 가르치지 않으셨다고"
고비 고비마다 한마디 하시지 않으시고
우리를 지으시고 보시기에 심히 좋았다고 하신 주님
인간 폭력 시 고비마다 치가 떨리고 머리가 어지러운 순간
민초들은 숨도 못 쉬고
머리는 하늘을 향하여야 하는데, 땅으로 곤두박질
민초民草들은 어느 분께 정情을 드려야 되는지요
인간 폭력이 난무할 때마다
하나님은 어디에 계셨는지요?
"내, 지금이라도 한마디 하마" 라고 하여 보소서

우리도 저럴까

단풍철이다
울긋불긋 설악에서. 내장산 한라까지.
모두가 온통 불타오른 듯 형형색색
어린싹에서 자라나
풍파를 모두 겪은 것들의 퇴장
유난히 코로나19로 고통받은
민초民草들을 위해 화사하다
바라볼수록 존재의 가치를 곱씹어 본다
애틋하게도
한때는 푸르름을 뽐내던 풀잎들
가을 석양빛에 걸쳐서
더더욱 애처롭게 심원心遠 해온다
우리네도 저럴까? 그러겠지.
젊어 싱그러울 때는 단풍 후의 일을 어찌 말할까만
시간이 지나면서 몸과 마음속에
자연스레 낙엽 됨이 내장된 사실을 망각한 채
그때가 딱 지금이다

龍의 힘

잔잔한 개울에 용이 내려와
용 한번 써대니
사방천지가 흙탕물이 되고
독 자갈이 뒤흔들리고
야들야들한 풀포기 숨을 죽인다
피리 송사리 새우 미꾸라지
모두가 떨며 숨죽일 때
누군가는 달래야 할 텐데
꾸지람 해줄 이 없으니
그냥 보고만 있어야 되는가?
혼이 나간 우리 民草들
두려운 마음 연속인데.

일일기도

아침에 잠 깨어
일어날 수 있음을
감사하자

어제를 위하여
오늘을 살지 말고
내일을 생각하며
오늘을 살자

무엇이나
남과 비교하지 말고
내 필요한 만큼만
구하고

만족함을 알아
정신적으로나
물질적으로나
빚지지 말자

저녁에
자리에 들면서
그날의
삶을 감사하자

– 아 멘 –

글   : 조 계 춘 시인
글씨 : 손길웅 (국전초대작가, 한글서예가) 처가 큰댁 처남

어머니께 드리는 헌사

어디에 계시든지
사랑으로 흘러서
우리에겐 고향의 강이 되신
푸른 어머니

삶이 고단하고 괴로울 때
기쁘고 즐거울 때도
눈물로 나직이 불러보는
가장 따듯하고 포근한
그 이름 어머니

팔순을 신실한 마음으로
무릎 꿇고 엎드려
찬미와 찬양을 드립니다
우리들. 어머님께.

※ 2016. 9. 10 (토) 독거노인 팔순 잔치, 방주교회 드림스쿨

울지마라

2022년 2월 11일
立春 지나 몰라보게 화사한 봄날
베이징 동계올림픽
쇼트트랙 여자 1,000m 결승
은메달을 따낸 뒤
눈물을 보여준 어름 공주 최민정
의미 있는 눈물이겠지만

은메달
이 또한 값진 것이란다
너는 대한의 굳센 딸
울지마라 오늘만 날이 아니다
해는 東에서 떠서, 西로 지듯이
노력하여 다음, 회,에 도전 하렴
승리는 너의 것
0.052초의 찰나
그러나, 잊자 잊어버리자

※ 2022년 2월 베이징 동계올림픽 쇼트트랙 여자 1,000m
　金: 네델란드(슈잔 슐팅) 銀: 한국(최민정), 銅: 벨기에(하너
　데스멋)

愛 鄉 歌

길 떠나온 지 반백 년
소박한 뜻 품고 떠나왔건만
머리에는 어느덧 흰서리
77세 喜壽지나 80세 傘壽 바라보는
해 질 녘 고향하늘 바라보면
옛 추억만 잔잔히 이네
산 넘어가는 노을
동구 밖 나목裸木을 보자면
서러움만 가슴에 가득한데
다시는 돌아갈 수 없는 내 고향
형제자매들이여!
받아만 준다면 돌아가고 싶건만
고향 땅에 해놓은 일 없으니
무슨 얼굴로 간다고 말을 할까?
고향이 진정 날 받아준다면
탐진강 둔덕에 흙집 한 채 지어
한 칸은 서재로, 한 칸은 사랑방舍廊房으로

눈치 보이는 생각은 아닐는지

안티 (Anti) - 헬조선 (Hell)

헬조선이라 부르지 마라
오천 년간 흐르는 역사란다.
이리 보아도, 저리 보아도
깨끗하고 말갛게 씻긴 대. 한. 민. 국,
지금 살기가 어렵다고
금수강산 우리나라 함부로 부르지 마라

압축성장하여 물론 폐해도 있다마는
보릿고개 넘겨와 자녀들 팔 할이 대학생
우리나라 좋은 나라 깨끗한 나라
이제부터라도 젊은이가 살기 좋도록
부둥켜안고 얼씨구절씨구 머리를 짜내자
아리랑 부르며, 어깨춤 추자 어화둥둥

외세의 침략이 많았어도
꿋꿋이 지탱하고 보존된 나라
안에서 썪으면 안 된다
피고름 고이면 암 된다
절대로 헬조선이라 부르지 마라
활발히 도움닫기 하여 앞으로 나아가자

※ ① 안티-헬 조선 : 헬조선을 긍정으로 부르자고 하는 단어
　② 헬 조선 : 현재를 부정적으로 부르는 젊은이들이 차용하
　　　　　는 단어
　③ 안티 (Anti) : 어떤 대상에 대해 반대하는 입장을 지님
　④ Hell : 지옥, 저승 (Hell Box : 쓰레기통)

운주사雲住寺

서러움이 밀려오는 절寺 사래긴 골짜기를 걷노라니 외로이 서 있는 천불천탑千佛千塔들이 더욱 쓸쓸해 보인다. 오고 가는 까닭은 다르지만 외가댁 갔다 돌아오는 심정이랄까 기운 없는 돌탑들이 탐진강둑에 서계사는 외할머니 모습이란다 불심佛心이 어지간히 깊은 백성들이 슬픈 마음으로 이곳 영구산에 꿈에서도 볼 수 없는 천불천탑을 이리도 정성으로 세웠을까? 안개 낀 운주는 절이라기보다 우리 마음속에 진한 생각들을 끄집어내어 그곳에 옮겨 놓은 것 같다. 처음 발을 옮기는 순간부터 슬퍼진 까닭이 무엇일까? 와불臥佛이 누워 있는 곳까지 가는데 이름 없는 들풀은 누굴 기다릴까? 민초民草들이 한을 풀지 못하고 살아 뒹구는 것만 같은~ 서러움이 북받쳐 오는 절 영구산 운주사, 서럽디서러워 눈물이 핑그르 돌던 순간 마음으로 운주라고 나지막이 불러본다. "백성들이여! 새벽 첫닭이 울기 전까지 마지막 남은 한 개의 돌탑을 세울 테니 힘들어도 조금만 기다려 주시게 그리하여 개벽 세상에는 서럽고 홀대받는 백성 없도록 만들어 드릴 테니" 왜 이리도 마음이 애잔哀殘할까, 무슨 한을 그렇게나 많이 간직하고 있을까. 오랜 세월 눈, 비, 바람 온갖 풍상 다 맞으면서 우리 슬프디슬픈 민초民草들, 언제나 기쁘고 즐거운 마음으로 맞이하려는가 대답해 보소서?

아내 I

아내

아내가 하늘처럼 맑아 보일 때가 있다.

가족을 위하여 희생한 사람

안쓰럽다 나는 그 사람에게서

문득문득 하늘냄새를 맡는다.

아내 Ⅱ

곱디고운 모습이었건만
세월은 유수와 같이 흘러서
머리에 염색~ 무릎도 시큰거린다고 한다
스스로에게 채찍을 가하여 단련한 사람인데

"아내"라는 詩를 써서 가슴에 포개어 주었건만
그것 가지고서야 위안이 될까
수고만 요구하고 생활의 연륜이 켜켜이 쌓여만 가서
짠하고 안쓰럽다. 인내할 줄 알고 강한 사람인데

허리 척추와 양쪽 무릎이 고장 나서
대학병원에 手術 날짜를 예약해 놓고서
손꼽아 헤아려 본다.

귓전에서 신음소리 들리는데
입으로 불어서라도 완치만 된다면
보호자로서 무슨 짓을 해서라도 ~
젊은 날 풋풋하고 팔팔하고 날렵한
그 모습 그리어 본다
부족한 보호자 수술후엔 장대로 달을 꼭 따주어야지

아내 Ⅲ

삶의 흔적

눈에 어른 거릴 때마다 참, 미안하고 짠하다
허리부터 무릎까지 고장 난 체로
방에서 부엌으로, 앞뜰로 뒤뜰로
상처 난 몸 이끌고 종종걸음으로
삶의 흔적 살겠노라고

우린 노오란 개나리꽃 한창 눈으로 말할 때
신혼을 맞았지
삼 남매 낳아 선히 키울 때
통통하고 반반하니 예쁘고 예뻤건만
진액이 다 빠진 앙상한 나목(裸木)처럼
못난이 남편과 동행하느라 이리되었을까?

절뚝거리는데 운명이라면, 인생사 너무도 가혹하잖
은가?
참으로 짠하여 눈물까지도 메말라 버렸건만
기어이 바로잡아 주고야 말일이다
돌아오는 꽃피는 화창한 봄날에
삶의 흔적을 깨끗이 지워주어서
두 손 포개고 인생길 다리가 되어주련다.

아내 Ⅳ 〈사랑이야〉

(2021. 10. 21~26일)
영등포 성애병원

사랑아! 외롭고 초라함은 주지 마라
고열로 인하여 응급차로 입원하던 날
환자 발치 뒷자리에서 간절히 소망한다.
옆구리 통증만 없게 해주소서
평소에 좀 더 잘해줄걸
애틋하게 느끼는 기회가 되는구나
자식들과 남편만을 위한 사람
사랑아 눈시울 뜨겁도록 슬프게 마라
두꺼비처럼 목울음이 치솟는구나
"요로결석" 같다는데~ 담당의 소견
코로나19로 인하여 음압 병상이 없어
밤늦게 입원이 되어
그래도 서울 市內라서 안도하련다
사랑아! 초라하고 눈물 나게 하지 말아다오
그대를 다시 한번 다숩게 불러본다

아내 V 〈지옥과 천국〉

　1년6개월전에예약끝에1월9일입원하여무릎2개를 동시에수술하자는연락을받고입원수속을진행.코로 나19P.C.R검사48시간확인을받아야된다기에7일(토) 관할보건소에두사람이가서진행후.SNS로통보해주어 입원수속,입원까지의진행이많이힘들었다.

　10일10시에수술시작하여오후2시에수술전준비,수 술후영상촬영후,입원실 안착~장장4시간소요보호자 는입원방에서초초히실시간문자로진행상황을치켜보 는데왜.그리불안한지.하나님만부른다 ~수술이완전 하게만해달라고눈을감고손모아비나이다하며기도를 올려드렸다.

　환자가되어입원실로,이동침대에누워들어오는데핏 주머니,소변주머니주렁주렁매어달고사색이되어왔 다.모두가내탓이요.내탓이요내탓이렸다.고생만시킨 내아내~얼굴을보는순간눈물이왈칵헌무릎버리고,새 무릎끼워주신하나님께감사하자이제는재활만, 잘하 면누구보다더밝게살아갈사람깊이사랑하련다.세상사 는동안 다리(bridge)가되어줄께몇번이고다짐하여본 다.말없이수말스레 가정을이끌어준사람아내가,엄마 가,성도가,식구가.무엇인줄아는사람3남매반듯하게키 워낸사람.고맙다다시한번감사하며예수님사랑으로선 하게사랑하련다.이모두가하나님恩惠아니고서야,이런 경우더러지옥과천국이랄까?

젊은 날의 소묘素描

창창하디 창창한
젊은 날은
바람이 스쳐 가듯
훌쩍 지나갔는데
이제는
온기마저 사그라져
풀이 죽었다고~
애처롭다고~
노래 부르는 기쁨마저도
모든 사위는 정지된 듯 고요하다
그렇더라도 동정은 하지 마.
성난 파도처럼
눈을 감추지는 말어
젊은 날
눈빛만 보아도
알아, 다 알고 있어.
세상을 말갛게 씻겨 놓은 듯이
바다는 몸을 풀고 있다.

장 미

계절의 여왕인 거룩한 너
어여쁨보다 더
눈이 부시도록 위엄으로 다가섰다
시각을 자극하는 너의 마력에 빠졌는데
가시까지 키워내느라
수고도 많았으련만
고고함을 지켜내며
위엄까지 간직하여서
아무도 범접 못 하리라
모두가 호사스런 계절을 만끽하도록
네 자태에 팔려서 한동안 멍 하누나
한 송이 보다는 무리의 풍요함이
매력인 계절의 주인 로즈-가든
장미! 너야말로 우리들의 정서를 아우르는 꽃
너만을 너 하나만을 정감있게 한없이 사랑해도 되겠니?

長興 가는 길

작고 아담한 藝鄕 文林 고을 長興
쓰고 그리고 부르고 찍고 추고…
전국 문학인 대회가 있어 산들바람 벗 삼고
구절초가 흐드러지게 피어나고 별들이 총총하고
파란 하늘을 보러
산 좋고 물 좋은 남도의 부드럽고 아름다운 고을
正南津 長興
月出山 밑돌아 구불구불한 길 돌아서 강진병영을 거쳐
정이 있는 고을 長興으로 가는 길
누가오라고 손짓 하는 것도 아닌데 발이 이끌리어
벗님네들 만나러 장흥으로
그립고 보고 싶고,
만나보고 싶은 글쟁이들을 마중물이 되어간다.
만나서 질펀하게 한번 놀아보고
그리고 와주어서 고맙다고
귓속말로 속삭여 주고 싶구나.

최초의 가사문학 관서별곡, 기봉 백광홍 선생님.
육지전투의 난중일기, 반곡 정경달 장군.
실학의 비조 존재 위백규 선생님.
正南津의 자부심 서편제 故 이청준 선생님.

아! 하늘같으신 文林 고을 어르신들.
송기숙, 한승원, 이승우, 위선환, 이대흠,
김영남, 김선두, 그 외 80여 별님들을
만나고 보러 長興 가는 길
아홉 마리 龍이 살았다는 寶林寺,
天冠山 만상대와 억새,
사자산, 억불산 며느리 바위
봄이면 소쩍새가 핏물을 토했다는
帝岩山 철쭉과 형제바위
동학기념탑, 유치탐진댐,
울음소리가 들린다는 장평 선들보洑
장흥 표고버섯, 청정매생이, 보림사 작설차,
회진 바지락, 정남진 한우
장평 복분자, 장흥 간척 청결미, 장흥 선비호두
먹고 싶고 갖고 싶은 것들을 대면하러 장흥으로
이틀 동안 실컷 보고, 놀고 향수를 만끽하러
나는 장흥으로 간다.
오시라 오십시오 文林 고을 正南津 長興으로…

※ 2009년 9월 18~19일 제1회 전국 문학인 대회를
　전라남도 장흥군(正南津) 일원에서 開催

작별作別

보고 싶다고 볼 수 있을까
기다리면 다시 올 수 있을까~
얌전하고, 정갈하신,「안나」내 어머니
하늘 아래 땅을 파고
안나(姜冬例)를 모셨다
당신의 사유思惟까지도 함께 모셨다
숨 조차도 크게 못쉬고 쪼그려 앉아
나도 나도 그리로 가고 싶다고
아아~~ 내 어머니 안나 곁으로~~

2001년 양 8월 4일 (음 5. 22) 卒

지렁이

여기서 요만큼인데
이렇게 힘들 줄
뛰지도 달리지도 못하는
나의 처지, 안타까울 뿐
원래 기어다니는 운명

무섭고 힘이 드는 건
밟히는 것과 비치는 햇빛
진화하면 어떨까?
여기까지 오는 것도 힘들었는데
남은 길 안으로 묵언하는 수행
가쁜 숨 몰아쉬며 기어본다.

중양절重陽節

삼월 삼진날 (음 3.3) 강남제비 찾아오고
여름 한철 잘 지내서 날개도 몸도 살찌우고
새로 집을 지어 신접살림 차려
열성으로 새끼를 튼실히 키워 성숙해지더니
인간 닮아 자식들에게 비행 연습시키고
먹이 잡는 법 훈련하여 전깃줄에 도열해 앉아있다
상강霜降 지나 9. 9일 重陽節에 강남 갈 채비한다더니

서리 내려 온 天地가 숙연해지고
또한 맑고 깨끗해지면
우리들 마음도 몸도 상강 구구절처럼
깨끗하고 청초해지는 마음
지저분하고 불결한 맘, 모두 버리길 소원하여 본다
지지배배 대한국아! 내년 봄에 즐건 맘으로 보세.

정읍사井邑詞를 차용하다

백여리길
박물을 등에 지고 전주 시내로 장사 길

등짐엔 무엇무엇
들어있는지?

아녀자, 아내 입장에서
알고 싶고 열어보고픈 마음

혹시 정분이 났다면 어찌하리요
준비 안 된 정읍 식솔들 어찌하리까

진데도 가지 마시고,
새악시 집에는 더더욱 가지마시고
오롯이 가족만을 생각하시구려

내 낭군이시어
해지기 전에 정읍으로 빨리 오시오. 한눈팔지 말고

※ 백제가사 (작자미상)를 현대어로 구성하여 보았음
　〈원문〉 달하 노피곰 도다샤 어긔야 머리곰 비취오시라 어긔
　　　야 어강됴리 아으 다롱디리 져재 녀러신고요 어긔야
　　　즌데를 드뎌욜셰라 어긔야 어강됴리 어느이다 노코시
　　　라 어긔야 내 가논데 졈그를셰라 어긔야 어강됴리 아
　　　으 다롱디리 어느이다 노코시라 어긔야 내 가논데 졈
　　　그를셰라 어긔야 어강됴리 아으 다롱디리

존재存在

나는 너에게 이야기하고 싶다
부드럽고 그리고 예쁘고 아름답게
오늘 하루만이라도

조약돌이 바닷물에 씻기우고 또 씻기우듯이
나는 너에게
잔잔히 이얘기 하고 싶구나
예쁘고, 아름다우라고.

하늘의 별처럼 은하수처럼 예쁜 너희들

나는 너에게 이얘기 하고 싶구나
예쁘고, 그리고 아름다워 지라고
그리고 사랑을 나누어 갖자고

※ (3남매 : 주희, 도희, 세희)

작설雀舌 차

　　이십 사절기를 다는 암기를 못 하지만 청명① 곡우② 입하③는 알고 있다. 기분이 허한 날 잠을 잔다든지 청명 곡우 입하라고 중얼거리면 인두로 종이를 펴듯이 기분이 펴진다. 애기 손처럼 부드러운 연둣빛에서 점점 진해지는 초록 잎들 그 또한 손끝이 연초록에 물이 드는 듯하다. 곡우 무렵 차 만드는 계절 이럴 때 수확한 어린 찻잎이 최상의 차이다 첫물차는 곡우 며칠 전에 아주 어린 잎을 따서 만드는 우전雨前차이다. 두물차는 곡우에서 입하立夏 사이에 아직 잎이 다 펴지지 않은 가는 찻잎으로 만드는데 참새 혀처럼 작고 가늘다 하여 작설雀舌차 혹은 세작細雀차라고 부른다. 우리 사람도 저마다가 우주인데 우리도 서로 서로에게 우러나는 시간이 필요하다 진정 사람 맛 우러나는 그런 날 혀 꼬부라진 작설차 한 잔으로 몸과 마음을 말갛고 깨끗하게 한다면 더없는 기쁨아닐까

※ ①淸明 : 24절기 춘분과 곡우사이 양력 4월 5,6일 경
　②穀雨 : 24절기의 여섯째 청명과 입하사이 양 4월 20~21일경
　③立夏 : 24절기 일곱째. 곡우와 소망사이로 5월 5~6일경

장흥의 봄날

봄 아지랭이 아른거리는
연초록 들판
마한馬韓의 내음이 물씬거린
장흥長興
고려 인종仁宗 때 공예태후恭睿太后 고향

강대보 건너 보름보 선들보
자운영꽃들 위로
종달이 종달~ 종달~
벌 나비 앵앵, 팔랑팔랑
평화로운 장흥부長興府

지금도 느끼는데
아늑한 봄날처럼
훈기薰氣가 영혼하여라
한없이 끝없이 펼쳐있으라

※ ① 馬韓 : 남쪽 호남지방의 부족국가, 한족삼한(마한, 진한, 변한)

　　마한은 서기 420여년경에 웅진 백제에 패망

　② 恭睿太后 : 아버지는 중서령 임원후任元厚, 어머니는 문하시중 이위李瑋의 딸이다. 고려 17대왕 인종仁宗의 왕비, 별칭 연덕공주(장흥부 관산읍 옥당리생)

　　　　　　생, 몰 : 1109 예종 4년~1183 명13년, 75世로 卒, 인종의 후비

　　　　　　의종毅宗 18대, 무신난으로 1770년 폐위,

　　　　　　명종明宗 19대, 1182년 자연사,

　　　　　　신종神宗 20대, 치질로 고생, 아들 3형제가 모두 왕으로 재위, 고려사 고려사절요 인종비 공예태후

　「한국인물사 이정란 2011년」

　③ 강대洑, 보름洑, 선들洑, : 보성천寶城川 : 하천 유량 저수지

181

철 지난 허수아비

모자는 벗겨지고
저고리는 너덜너덜
철 지난 허수아비
외로워서 울고
추워서 울었다

해동이 되어
봄이 올 때까지
허수아비는
배도 고플 것이고
겨우내 추위에 떨 것이다

철만 지나지 않았다면
앉아도 보고
다리도 뻗어보고
드러누워 보기도 하련만
이 모습 이대로 봄을 맞을 것이다

아무리 마음을 다잡아보아도
외롭게 서서
엄동설한에
눈보라치고 바람 부는데도
의지할 곳 없는 허수아비는
굳센 인내하나 가지고
묵묵히 겨울을 이겨내야 할 것이다.

친구親舊

비가 내릴 때는 우산으로
햇볕이 쨍쨍 내리 쬘 때는 그늘이 되어
언제나 버팀목이 되어 주었던 내 친구

나의 집이 너의 집이고
너의 집이 나의 집인 것으로 알고
지내왔던 친구야!

항상 괴로워할 때는
나무가 되어 쉬어가게 하고
우울할 때는 말을 걸어 주었던
그리운 내 친구야!

가까이 있어도 또 보고 싶고
멀리 있으면 더더욱 만나고 싶은
너의 마음 씀이 비단결 같았었지
보고 싶은 내 친구야!

지금은 우리가 옛정으로만
기다리기엔 너무 아쉬운 시간이란다.
하늘 아버지께만 기도하렴, 만나게 해달라고
그리운 친구야!

추일서정

소슬바람에 하늘거린 억새
쳐다만 보아도 물드는 산야
할머니 손등 같은 해묵은 낙엽은
우릴 짠하게 만든다
하늘이시여 우린 어디로 가야 합니까

지금은 하늘 모서리에 앉아
빙글 맴을 돌고 있자니
서늘증 이는 마음을 어찌할까
온통 불타는 산야
단풍 드는 소리에 귀를 모아 본다

5부

//////////

가을이 오는 소리

처서處暑 유감

내일이 올해의 처서
이상 기온으로 그 많은 장대비, 살인적인 뙤약볕
빨갛게까지 보이는 正午의 오수午睡
희망없이 이 여름 三伏 잘 살아내셨군요
처서 지나 새벽녘이면
들창문 닫아야 하는 날이 쉬 오겠지요

악마는 맨 뒤에 힘없는 자부터 해코지 한다잖아요
초추初秋에 새 힘 받아 더욱 강건하시기를 소망합니다
말씀처럼 "이 또한 지나가리라~"
말씀 붙들고 여기까지 왔으니 우리 신앙인들
가치價値에 가치를 추구하여 불신앙자들보다
겸손, 겸양하여 멋을 알고 인격人格을 알아
품위 있는 생활로 주님께 영광 돌려드려요

치자색梔子色 그림의 추억

치자열매를 보면 어머니의 얼굴이 떠오릅니다.
어머니 소천召天하신 지 긴 20여년의 세월
푸른 하늘만큼이나
노~오란 치자색을 사랑하셨듯이
그 열매 따다 옷감에 물들여 놓고
색깔 자~알 나왔다고
어린애 마냥 좋아하시던 당신

진정으로 보고 싶은 내 어머니
치자색에서 어머니 내음을 맡습니다.
물들인 치자색 명주 천 위에다
가위로 견본을 뜨시던
그 모습 그 얼굴이 아련히 생각납니다.

돌아오는 추석 성묘 때에는
어머니 묘소에다 치자 몇 송이
정성드려 소담하게 바치겠나이다.

토란국 母情

토란국은 늦은 가을쯤 해서 흰서리가 내리고 날씨가 싸늘한 때에 끓여 먹는 것이라야 제격이다. 그것도 쌀뜨물에 들깨를 갈아서 마른 멸칫국물로 끓이면 하얗고 흰죽에 버금가는 촉촉하고 탑탑한 맛이란 최고의 맛이었다. 우리 어머니는 토란국을 이 세상 어머니들 중에서 제일로 잘 끓이신다. 담백하고 알싸한 맛을 내시는 것은 우리 어머니뿐이실 게다. 내 어릴 적 고뿔에

결려 코에는 코딱지가 자갈같이 덕지덕지 붙어 있기도 했었다. 나는 학교에도 못 가고 어머니께서는 토란국을 끓여 밥을 말아 먹여 주시면서 "어서 힘타 학교 가야된다."고 하시던 말씀 지금 생각하니 그것이 사랑인 것을 꿈에서나 알았을까.

떠나는 것과 남는 것

높아진 하늘만큼 가을은 깊어 가고
하늘은 높다랗고 말은 살찐다는 시간

제 몫을 다한 것들은 하나둘 떠나고
홀가분하게 떠나가 버리면 그만이겠지.

아쉬움은 남는 자의 몫
아쉬움과 홀가분함이 뒤섞이는 시간

주인을 위해 수고 했던 여름 옷가지를 차곡차곡
또 한편 한켠에 담겨진 두툼한 옷들을 ~
가까이 손 닿는 곳으로 내놓는다

묘한 감정이 솟아난다
새봄이 오면 또 함께 할 수 있을까?

투 기 꾼

태초에 흙을 땅이라 했다 한다
물을 찾아 들野을 찾아
논, 밭 일구며
사슴처럼 순하게 살았다 한다
그런 어느 날
줄을 긋고, 경계 지어, 토지라 하였다 한다
그 후 내 땅, 네 땅이라 소리치며
땅땅거리며 투기의 대상으로 여겼다 한다
논과 밭 아파트가 황금보다 더욱 귀한
돈벌이 수단이 되었다 한다

흙, 땅, 토지, 아파트를 부동산이라 부른다
투기의 대상
세상은 땅과 아파트를 많이 가진 자들을
땅 부자 투기꾼이라 부른다
아파트 한 채도 없는 사람들은
어떤 눈으로 바라볼까
어디까지 탐심貪心을 부려야 하겠는가?
열심히 노력하는 사람이 부자 되는 것을 소망한다.
마음 부자가 더 좋으니까

포 근 함

외출에서 돌아왔더니
많이 지쳐 있다
오늘은 미세 먼지로
온 천지, 산하가 희뿌여
앞을 분간하기가 어렵다
점점 농도가 심해지고 있는데
정녕 벗어날 수는 없는 것일까?

저녁이 되어
자리에 들었다
아내가 있고 가정이 있고
쉴만한 안식처가 있고
자주 자주로 자식들은 안부 물어오고
"사랑하는 자들아 우리가 서로 사랑하자"

포근한 곳 여기가 천국이네

팔월의 마지막 날

팔월의 마지막 날 삼십일 일
유난히도 사나웠던 기후
폭염, 폭우에 제멋대로 일기에
태풍 "카눈"이 직상륙할 거라는 예보에
얼마나 가슴 졸였던가
다행히 수도권에 큰 피해 없이
조용히 지나가 주어 "카눈"이 예쁘기까지~

처서 지나 늦여름 장마까지 와서
기온이 뚝 떨어져
좀처럼 팔월이 끝나지 않을 것처럼
턱~ 버티고 서 있더니
주먹에서 모래알 빠져나가듯 한 시간이 지나
팔월 달 오늘이 마지막 날 삼십일 일
이날이 나의 기억에서는 다시는 오지 않는 날

이상 기온으로 해가 지나면 지날수록
성하盛夏가 사나와 지는데
인간들은 무슨 대책이 있는 걸까? 조바심이 드노라
또한 겨울, 겨울이 얼마나 추울까?

푸른 별 이야기

총총한 밤하늘에
너 하나 나 하나
수많은 별을 헤이는데
이별은 유성
저 별은 은하수

밤이 ~ 으슥하도록
얼굴 마주 보며
푸른 별을 헤이다
새 아침으로
날을 지새웠다

이것이 젊음이며
저것은 추억이 되었겠네 ~

平等이라는 것

예쁜가 미운가
배웠느냐 못 배웠느냐
가졌느냐 못 가졌느냐
부자냐 가난하냐
소소함부터 시작해
부자父子 世代의 갈등까지
부지기수로 들어본 말들
이분법 논리로는 평등해질 수도 없거니와
갈등만 부추긴다

대중탕에 들어서면 일시 평등
죽으면 완전 평등해지는데
영靈, 육肉간의 표현대로
"사랑"이라는 말 한마디
용해제가 가미되면
모든 것이 훈훈해지듯
사랑이라는 품속이 그리움은
"관심"이 사랑을 자극하기 때문이다

까마귀 (The Raven)

아침을 나서는 길
까르르 까르르~
공중 선회를 하는 너
힘 있고, 우아함의 전형
누군가 이 새를 음침하다고?

볼품없고 음침하고
섬뜩하고 수척하고
불길한 태고의 새라고
애드거 앨런포[※] 아저씨께서
잘못 보고 말씀한 게지

까르르~ 우짖는, 서정성의 여운
머리카락이 쭈뼛
슬픈 것 같은데 슬퍼지지 않는 향연
까르르 우짖는 소리 그 무엇이
설명할 수 없을 정도로
나의 나 됨을 지배하여 준다.
꺅, 꺅하는 소리보다 운치가 있지?
누가 이 새더러 방정 맞다 했는가
야훼께서도 예뻐하신 새를

※ 애드거 앨런포 1809. 1. 19~1849. 10. 7 40歲 卒
   시인, 소설가 (배우부부의 둘째로 미국 보스톤 태어남)
※ 참새목 까마귀과의 조류 慈鴉(자아) 몸길이 33cm, 날개길이
   21~24cm
   왕상 17장 4절 6절 까마귀의 선행

한 말씀만 하옵소서

악을 행하는 사람들을 불평하지 말아라
불의를 행하는 사람들을 시기하지 말아라
그들은 풀과 같이 속히 베임을 당할 것이며
푸른 채소 같이 시들 것이다.

여호와를 기뻐하라
여호와께서 네 마음의 소원을 들어주실 것이다.
네 길을 여호와께 맡기고
진실로 죄를 회개하고, 자복하여라.

여호와여 나를 멀리하지 마시고
나를 버리지 마옵소서
악인은 반드시 망한다고
진정으로 한 말씀만 하여주소서.

※ 시편 37편을 현대어로 인용

顯忠池에서

유월 어느 날 국립현충원에서
전직 대통령 묘소부터
장병 묘지까지 빙 둘러보고
현충지 의자에 앉아
상념에 잠겼었다.
생각날 때마다 묘소를
숙연한 마음으로 둘러본다
"김화전투에서, 고성에서, 다부동에서, 낙동강에서
파주지구에서, 축석고개에서,
유치지구에서, 베트남에서"
누가 저토록 아버지를, 삼촌을, 형을, 조카를
저렇게 저토록 처참히 산화시켰을까
진격과 후퇴를 거듭하여 오늘에 이르렀건만
어이하리요
그때 그곳에서 철석 주저앉아 가쁜 숨 몰아쉬며
어머니를, 아내를
수도 없이 부르며 또 부르며
자신에게는 잠들지 말고 눈만 뜨고 있어만 달라고
애원하고 소리소리 질렀건만

찢기고 고단한 몸 촛불처럼 사위여 갈 때
하늘도 울고, 땅도 울고
나도 울고, 전우도 울고
피눈물 뿌리며
가쁜 숨 몰아쉴 때
아! 어찌 눈을 감았을까
오늘 여기에 가지런히 누워 있기를 칠십오여 년.
마음을 이어주는 현충원 실바람
이승과 저승을 이어주는 분수
물총새로 환생하여 푸드득거리며
현충지를 박차고 숲으로 내 달린다.
아! 우리 그날들을 어찌 잊으리까
그, 한스러운 유월 그날을,......

하얀 손수건

트윈폴리오의
"하얀 손수건"
멜로디를 듣고 있으면
조선朝鮮 간장이
몸속에 녹아
흐느적대는 것 같고
푸르디푸른 청주 한 사발
마시는 것 같이
뱃속이 쐐 하며~
머리카락이 쭈뼛거리고~
첫사랑 연인 기다림을 넘어
설레임보다 더하며
마디마디, 뼈마디가 시려든다.

흔적痕迹

구름은 두리둥실 흘러가고
꽃은 피우지만 소리가 없으며
새들은 울어도 눈물은 없고
사랑은 불타건만 연기는 없었다

바람결에 살랑이는 풀잎처럼
이 모든 것이 살아있는 증거 아니랴

기약 없는 날을 무단히 흘러보내고
이제 와서 한숨진들 얻은 것은 무얼까
몸과 마음의 쉼표는 언제 찍을까
지쳐있는 흔적들은 남기지 말아야지

한 해를 보내며 Ⅰ

구랍舊臘[1] 섣달 그믐밤
눈썹 같은 달을 보고
소원을 빌어 본다
새해에는 제발 아프지 말자고
한기寒氣가 서리는 옥상에 올라
눈에서 눈물이 흘러내려
볼을 타고 뜨거워진다.
한가지 고난으로 이십해 동안 여덟번씩
구급차 신세를 진 이런 위인 또 있을까

나라에서는 헌정사상 초유의 전직의 탄핵
세 지도자 선출
딸 친구를 성폭행하고 유기를 하고
친아버지가 내연녀와 짜고 어리디어린 것을
의표를 찌르고 암매장까지
스포츠센터 화재 참사 내에서의 살려달라는 절규絶叫
어떻게 이런 일들이! 몸서리쳐진다
그런 가운데 제일 기쁜 일은 외손녀[2] 새 생명 탄생
이렇게 기도하련다

"지식보다는 지혜를,
정의보다는 공의로운 덕성을 주십사"
그리하여 우리 자신이나 국가나
한해가 건강하고 활기 넘치는
새해 첫날에 무탈을 기원하고파
하나님께 빌어보련다
세미한 기도도 들어주시는 내 주님께
이른 새벽에 선한 마음으로 자신을 다잡아본다

※ ①구랍 : 음력으로 지난해 섣달
   ②천재은 : 2017. 10. 16 태어난 외손녀

한 해를 보내며 Ⅱ

한 해가 저물어 간다고, 애달파 마시며
내일은 또 내일의 태양이 뜨는 것은
자연의 섭리가 아닐는지요.
바람이 낙엽을 떨어뜨린 건 분명하건만
그 바람을 용기에 담을 수가 없듯이

우리는 자연의 초침에 맞추어
하루하루를 지내다 보면
희로애락의 감상과 춘하추동의 기상이
나를 키워주고, 지탱해 주어
웃게 해주고 울게 해주는 하루들이 쌓여
나를 만들고 또 여러분들을 만들어서
자연의 일부가 된다는 것을
그리하여 정녕 한 해가 지나갔노라고
아쉬워하거나, 침울해 마시고 ~

시뻘건 동해의 일출처럼
두 손 불끈 쥐어 희망의 터전으로
나아가지 않으시렵니까
차분히 서둘지 마시고 미래를 향하여
하나하나씩 헤치고 제쳐서
앞만 보고 나아가지 않으시렵니까

흐른다는 것은

맑은 물이 흐르고
시와 극이 흐르는 소극장
음악의 선율이 흘러가는 음악회
미술관 특별전
흐른다는 것은
무얼 의미하는 것일까?

정한수 한보시기
가슴에 닿는 시어詩語
아리아의 선율의 높낮이
지혜있는 색감

고여있지 않음은
문화가 흐른다고 인용한다
한마디로 정화된 소통이라 한다

우리 가까이 다가와
심성을 푸르게하고
가슴을 맑게하며
흐른다는 것은 투명透明함일진데
우리들의 생들을 소통해야 된다는 게다

홀로키운 아리랑

가파르고 숨 가쁘게 헤쳐온 삶
유난히도 팍팍 하였다
세파에 시달리며 여기까지 온 것이
이적異蹟에 가깝다고 해야 할까?

외지에서 홀로 사는 고아 새터민처럼
마음 줄 곳 없는 다락방 같은 생
빗소리와 나만의 적막감이 뒤섞인 애잔한 여름밤
자고 새면 누군가와 마음을 함께 해야 하나

삶은 시간이 지나면 경력經歷을 등에 업듯이
연륜이 있어야 되는 건데
무엇하나 업고 보듬을 것이 없다는 것이
외롭고 쓸쓸하겠다

안정된 삶을 만들어 서로 의지하고
꼬물꼬물 자라나는 재미로 여지껏 지내왔건만
보호자라 믿고 따르는 그들 심정은 어땠을까?
이를 두고 홀로 키운 아리랑이라고 할 수 있을까?

하늘이시여! 하늘이시여

태초에 하늘을 여시고
천지를 창조하시고서 "보시기에 심히 좋았더라"
그 말씀 귓전에 선합니다
어느 것이나 선한 쪽으로만 생각하신 하늘님

무자戊子 7月 十一日 亥時 땡볕 시기
小子가 세상으로 나오는 날
얼마나 고통이 심하셨을까
행복한 생활하라고 기도 하셨을까
하지만 父子間에 슴이 안 들었다고
애처롭고 서럽게 눈물짓는 세월이 더 길어
言語로는 표현 못 하고
안으로 안으로만 꺼이꺼이 목울음 우는 시간

세월지나 시대가 지나
나는 스스로 내 하늘님을 이해 하련다
자식 낳아 양육해 보니
회개하고 화해하고 보듬어 사랑하련다.
나는 내 새끼들께만은 愛戀의 정을 두련다.

한파寒波

골목 어귀를 돌아~
낮게 낮게 지름길로 갔다.
사납고 때론 승냥이처럼 재빠르게.
가다가 막히면 훌쩍 뛰어넘는다
뛰어넘는 건 바람이려나
시작은 어디였으며 끝은 어디던가
힘센 황소처럼
어디서 그런 힘이 솟구쳐 오를까?
으스스한 게 정이 나지 않는다.
그러나 민초는 인동초 되어
인고의 단 외로움으로 변하리라
불청객의 방문으로
팔다리는 오금을 펴지 못하고
볼은 초록 바다가 돼
코끝은 딸기가 되어 버린다.

정녕 당신은 무슨 마력이 있는 것인가?
잔뜩 찡그린 얼굴로 회오리치면서 굴절되면
민초들은 벌벌 떨 뿐 대안 부재

살벌함만 뒤로한 채
유유자적하면 남는 것은 무엇이며 그리고 무엇을 말
하려는가
우리들 또한 그대들에게 ~
오는 봄을 맞이할 준비를 하자

하지 않아도 좋을 것들

보지 않아도 좋을 것들은 보지를 말자
듣지 않아도 좋을 것들은 듣지를 말자
먹지 않아도 좋을 음식은 먹지를 말자
읽지 않아도 좋을 것들 읽지 말아야지
모든 걱정은 탐욕 탐식에서 생기지 않을까?
우린 이제 절제하며 살아가도 될듯싶다.
남과 비교하지 말고 모두 내려놓고
진정 내 필요한 만큼만 구하면서.~

회상回想

붙들어야 된다 나는 너를
그림자처럼 바싹 붙어 있도록

촛고지불 켜놓고 공부하는 중
내 어머니
"동지섣달 기나긴 밤에 수고한다~"
고구마 무우 깎아
살며시 밀쳐놓고 가신 내 어머니

희망아! 가지 마라
떠나지 마라
내 옆에 꼬~옥 붙어있어라
꼬~옥

어머니 은銀비녀처럼
내가 철 들 때까지
내 곁에
그림자처럼 남아있어 주렴

한가위 보름달

甲午年(추석저녁)

둥그런 한가위 보름달을 보면서
소원을 빌었다
열일곱 살, 자식들의 영정 앞에서
과자와 음료수를 놓고 기도하는
부모들의 기도를 떠올린다
문득 나는 많이 죄스러워서
이렇게 빌었다
달은 높이 떠서
우리 세상 구석구석을 비추이건만
인간군상들은 가면 갈수록
우정과 애정은 식을 대로 식어
아픔과 어려움을 너무도 모르고
쓴맛, 단맛... 맛이라고 맛은 모두 잃어버렸다.
어찌할까 어떻게 세상맛을 찾아줄까
저 달을 보고 눈물짓는 이들의 아픔을
소리소문없이 찾아주어야 될 텐데
한가위 풍성한 보름달에게 묻는다
정의는 어디서 찾아야 되느냐

※ 4.16 세월호 희생학생들

칸 메꾸기

공동체에서 한 개의 부서는
회장, 부회장, 총무, 회계, 서기로 이루어진다
연말 12월에는
새 임원을 선출하기 위하여
기도회, 임원 선출, 해당 선교회 월례회로 분주하다

진정으로 기도하고 기꺼이 책무를 맡으면 좋으련만
시간이 없다, 준비가 덜 돼 있다.
능력이 부족하다, 다음 기회에 하고 자신이 판단한다
참 진실이라면 좋으련만
책임 회피성이라는 생각이 들 때면 괜스레 얄미워진다
마지못해 떠맡은 사람, 엉겁결에 맡은 사람
모두 그의 심정은 이해한다

"행함이 없는 믿음은
그 자체가 죽은 것이라(약2:17)
공동체에서 감투 쓰기 좋아할 사람 누가 있으랴?
순종하고 겸손한 마음으로 주께 하듯 하자
사랑이니까
규정에 의해서 , , , , 인선이 되면
불평, 불만 없이, 즐거운 마음으로,
칸 메꾸기가 시작되었다.
주께 하듯, 그것이 사랑이니까 복 받을지어다
이렇게 하여 새해 임원진 인선은 끝이 난다.

호박씨 심는 날

호박씨를 심을 때는
입을 꼬~옥 다물고 심어야 하네
담장 밑 서생원鼠生員이란 놈은 귀가 밝고 민첩하니
심었다 하면 남아나지 않을거네

텃밭 담장 울타리 밑에 구덩이를 파고
녹비를 가득 붓고, 몽근 흙을 넣어 씨앗을 심는다네
씨 심는 흙 위에 비닐을 덮어야 하네
호박씨 떡잎이 두 개 날 때까지
이곳에 호박 심었다고 이얘기 하지 말게
"라이언 일병" 구하기처럼
호박씨를 구해 주어야 되니까
여유가 생기거든 떡잎 주위에는 비닐을 벗겨 주시게

담장 울타리 타고 올라가서
"장마철 호박 자란다는" 말처럼 쑤~욱 쑤~욱 자라
풋 호박이 주렁주렁 열리거든.
맨 ~ 마지막 열린 호박은 내게도 하나 보내 주시게

큰 형님

눈치도, 자존심도, 명석하기도
고산준령 같기만 한 당신
이제 고희가 훨 지나 팔십이 내일모레인데
지금은 어디 계시는지
하늘 아래 같이 지내면서
근황을 알 길 없으니
아쉽고 보고픈 마음 밖에
우리 다들 옛일 헤아려 보자면
잘, 잘못 누구에게도 없었소이다
그저 내 탓이요, 내 탓이요, 내 탓입니다.
한동안 흐릿한 마음 이제는 보고픔으로 승화되어
진정 만나고 보고 싶습니다.
팔 월 십팔 일(祖父), 사 월 십오 일(祖母),
구 월 이십 사일(父), 오 월 이십 이일(母),
제사 힘들어할까 보아 하늘에 계신 어머니께서
조부날 팔월 십팔일로 정하라고 하였는데
지켜나갈 힘이나 있으신지?
알 길이 없답니다.
단 한 번도 장자로써 동기간 많다고

투정 한번 아니하시고 지내 오셨건만
지금은 힘이 빠져 얼굴 보여주시지 않은 건지?
정말로 미움이 배가되어 보이시질 않은 건지?
태자리는 秋色이 완연하여 몰골로 변해가고
돌보는 이 없다 하니 어찌하면 좋답니까?
두 내외가 돌쩌귀 연분이라는 건
익히 알고 있습니다
그 정, 그 사랑 누가 무엇 나무라겠습니까
금실 좋음을 다들 환영합지요
돌이켜 보건대 우리네 인생들
풀 끝에 이슬 아닐는지요.
어느 하늘 밑에 계시던
백 세까지 천수 누리시고 행복하소서
우리들은, 큰형 얼굴 한 번 진정으로 보고 싶습니다
옛정 헤아려 얼싸안고 싶습니다
보고픔이여 부디 건승하소서.

※ 큰형님의 안부를 물으면서...
※ 2023년 7월 5일 충남 서천 천주교 성당에서 벌인 미사

2004년 등단 시 3扁

너에게 나를 전한다

매화꽃이 숭어리 숭어리
핀마을 제비가 오고
낡은 처마끝을 흔들며
오는 봄바람이
너의 체취처럼 반가운데
내 안에서 맴돌고 있는
너는 어디에도 없다
삼동에 홀로 키운
이 마음을 하마 제비는
알았을까
가고 오는것이 어찌
계절밖에 없었으랴
이 봄 가고나면
너에게 나를 보낸다

태胎

칠월 땡볕
할머니 모시 고쟁이 속에서
칠정오욕의 첫울음을 울었단다.

탯줄이 잘리고
양지바른 남새밭 울타리 밑
맨땅에 태를 묻었단다.

"단지에 넣어 묻어 주시지 그랬어요."
귀밑머리 희끗한 손자의 투정에
할머니는 빙긋이 웃기만 하신다.

하, 많은 날
우주의 자궁 속에서 아프게도 자란
별, 푸르디푸른 별 들이
어머니를,
아내를,
오늘은 또 딸아이를 따라가고 있다.

보 림 사

이름모를 텃새 한 마리
저만치 앞서서 산문으로 들어간다

대웅전 요사채가 가지런히 서 있는데
흐드러진 백일홍
올벼가 날때까지 그대로였으면 좋으련만
산사 뒷자락 비자나무들이 솔잎처럼 푸르구나

땅거미 짙어오고
티없이 맑은 밤이 품에 가득 안겨오는
풍경소리 청아한 보림사의 하룻밤

봉덕리 마을어귀
개짖는 소리
은어떼를 따라 탐진댐 강심을 맴돌고 있네

손정애孫正愛 시 6扁

- 전북 전주시 중노송동, 출향 서울방배동
- 서울방주교회 권사
- (前)방주기독문학회 회원

봄비 오는 길

손 정 애

신록을 재촉하는 봄비
메마른 대지를 촉촉이 적셔옵니다
봄비 내린 들녘에는
소곤소곤, 쑤욱쑥 꿈틀거리며
마음의 창으로
봄이 오고 있습니다
겨우내 움츠렸던 만물이
기지개 켜는 소리가 들리는 듯 설레입니다
바람결에 실려 오는 봄의 잔영
갈깃머리 나부끼듯
봄비 따라 걸어보렵니다.

덩쿨 장미

손 정 애

담장을 타고 만개해 있는
빨강 덩굴장미
차마 멀리서 바라볼 수만은 없어
가까이서 너를 맞이하여 본다
훈풍에 흔들리는 너의 자태
황홀한 미소가 추억에 잠기어 온다
섭리가 얼마나 진실되며
또한 아름답고 감사한가를
너는 오늘도 설레임으로
담장 위에 단아하게 무리 지어 피어 있구나

여름

손 정 애

뭉게구름 하얗게 피어나는 계절
지난여름 더위는 까맣게 잊고
올여름 더위는 폭염이라고 아우성
시원한 소낙비 한들 금
온 대지가 반가워 춤을 춘다

내일도 폭염으로 작열하는 태양 아래
온갖 열매는 알알이 익어가고
올여름은 폭염과 함께 그렇게 지나가고
이제 머지않아 소슬바람 나면
들녘은 황금물결 일고
풍성한 가을이 저만치 오고 있겠네

가을이 오는 소리

손 정 애

입추도 지나고 한로도 지났다
아침저녁으로 제법 신선한
그 서늘함에 가을 내음이
은은히 풍기어 온다

소슬바람은 이마와 볼도 스치고
그 바람에 가을 내음이 솔솔 풍긴다
솔바람에 한잎 두잎 물드는 단풍
낙엽은 발밑에서 가을은 그렇게 오고
시간도 계절도 그렇게 흘러가고 있다

기 도

고, 위험군 산모라는 의사 진단이었다
정성으로 하나님께 기도드리면서
봄 여름 가을을 보내고 난 어느 날
아가는 내 품에 안기었다
그 날 조리원 밖에는
단풍이 곱디곱게 물들어
환하게 눈이 부시었다
아가야!
예쁘고 건강하게 자라거라
착하고 지혜롭게 자라야 된다
틈날때마다 할미가
널 위해 소망하면서 기도하련다

※ 2017. 10. 16 외손녀 천재은 태어난 날

외손녀

손 정 애

단풍이 곱던 가을 어느 날
내 품에 안겼던 손녀의 첫돌을 맞이했네!
매주, 보는 것이 큰 기쁨이고 설레이는구나
볼 때마다 달라지는 너의 모습과 재롱이 귀엽다
네가 우리 곁에 있어서 참 좋아

너는 내 목숨 같은 소중한 보물!
재은아! 건강하고
스스로를 소중히 여기고
남도 소중히 여겨 마음이 따뜻하고
꼭 필요하고 멋진 재은이가 되어라

오늘도 너의 동영상을 보면서
모두 모두 덩달아 미소 지으며
행복해들 한단다

해 설

조계춘 시인의 시세계
-일상에서 건진 정감의 시학

강 기 옥 (시인)

시인은 시 속에서 산다. 시의 집에 부모님을 모시고 형제와 친지는 물론 가까운 이웃도 초대하여 정감을 나눈다. 때로는 자연의 풍광을 열어 나무와 새와 산짐승을 불러들이고 들녘을 살찌우는 농부의 여유로운 농요에 흥을 돋우기도 한다. 그 아름다운 교류 속에서 아기자기하게 일어나는 일상을 운율과 리듬에 맞추어 글을 쓰는 사람이 시인이다. 그래서 시는 시인을 중심으로 한 다양한 관계에서 발생한 일반적인 이야기로 상상이 아닌 체험의 구체적인 이야기다. 다만 일반 문장이나 수필처럼 서술형으로 풀어 쓰는 것이 아니라 압축과 비유와 상징 등의 기법으로 시적 긴장감을 유발하는 고차원적인 글이다.

그 까닭인지 요즈음에는 홀로 살아보기, 한 달 살아보기, 농어촌 살아보기, 자연인으로 살아보기 등 다양한 방법으로 살아보기를 원한다. 이색적인 체험을 통해 남다른 사유와 정감의 깊이를 더해보려는 의도에서 비롯되었지만 느슨해진 일상에 원기소와 같은 기능이 있어 누구나 도전해보고 싶어 한다. 일반인도 이색적인 삶의 체험을 원하는데 시인이야 두말할 필요가 없다. 시인에게 체험은 절대 필요 요소다. '시는 곧 체험'이라는 릴케의 말처럼 시인은 경험에서 글감을 찾고 경험에서 느낀 정감을 서정적으로 풀어내기 때문이다.

갑진년 벽두에 소전小田 조계춘 시인이 보내온 제4시집 『나무는 나무는』에는 다양한 경험의 실상을 기도하는 자세로 소상히 풀어 놓았다. 그 시적 배경을 이룬 경험은 세상을 살아 온 족적으로서 일견 자서전과 같은 자세를 견지했다. 5부로 나누어 편집한 이 시집에는 각 부마다 주제를 달리하여 소전 시인이 겪은 삶의 여정을 농축해 놓았다. 모든 시가 인간관계에서 비롯된 것이기에 소전 시인의 세상살이까지 실려 있는 이력서를 보는 느낌이다. 그것도 3권으로 나누어 발간해도 좋을 181편의 시를 수록하여 그만큼 다양한 인생살이를 엿볼 수 있다.

문단에 등단할 당시의 작품에는 독자의 상상을 유도하는 시적 긴장미가 있는데 제4시집에서는 독자의 이해를 도우려는 듯 부연 설명을 곁들인 자상함이 나타난다. 추상과 상상에 의한 시적 긴장감보다는 읽기가 편하여 쉽게 이해할 수 있는 편의를 제공하고자 한 의도로 초기 시와 구별되는 점이다.

　시는 시적 화자가 상징이나 대유·암유·환유의 기법에 숨어 등의 비유법으로 시상을 전개하므로 시인의 정체는 쉽게 드러나지 않는다. 그러나 시인이 직접 화법으로 진술하는 경우에는 부연을 생략한 압축적인 문장에서도 시인의 정체가 쉽게 드러난다. 고향과 나이와 직업 등을 비롯한 사회생활의 위상이 글 속에 녹아있기 때문이다. 그럴수록 정감은 풍부하다. 그래서 1인칭 주인공 화법의 시일수록 독자에게 더 자상하게 다가가려는 특징을 보인다. 그것도 독자에게 시를 편안히 전달하려는 속 깊은 배려다. 자신이 느낀 정감의 세계로 독자를 끌어들이려는 안내자의 역할을 겸하려는 태도다. 그래도 어디까지나 시인은 끝까지 독자에게 겸손해야 한다는 것을 강조한다.

　〈시인의 말〉에서 시를 쓰는 행위를 '하얀 도화지 위에 붓으로/흰나비 한 마리를 그려보았다/몸만 살짝 빠져나갈 줄 알았는데/미동도 않는'다고 탄식한다. 자신의 글쓰기가 아직 미숙함을 고백한 것이다. 그래도 '훨훨 날아오를 수가 있을' 날을 기다리며 빗소리도, 바람 소리도 계속하여 그리겠다고 다짐하는 겸손이 소전 시인의 시에 대한 자세다. 결국『나무는 나무는』에 실린 181편의 시들은 나비가 되어 훨훨 날기 위한 시인으로서의 몸부림이자 겸손하게 살아온 자신의 기록이다. 산문집『너에게 나를 전한다』역시 두 권으로 출간해도 좋을 분량을 한 권으로 묶는 대담성을 보이더니 시집 역시 통이 큰 면모를 보였다. 시를 쓰는 자세의 내적 겸손에 이은 외적 형식의 겸손이다. 시인 이전에 소전 시인의 삶이 어떤 궤적을 그렸는지 작품을 감상해 본다.

* 서시

시인들이 시를 쓸 때는 제목을 먼저 정하고 쓰는 경우가 많으나 작품을 완성하고 난 후에 제목을 정하는 경우도 있다. 시인의 취향과 시를 쓰게 된 동기에 따라 다르기도 하지만 시집의 제목은 암유적 성격이 있어 시를 읽는 최소한의 정보를 제공한다. 그래서 시집을 읽을 때는 제목으로 쓴 시를 먼저 찾는다. 그런데『나무는 나무는』에는 그 제목의 시가 없다. 결국 나무는 세상을 초월한 나무처럼 꼿꼿하게, 그러면서도 의연하게 살아온 시인 자신을 뜻한다. 더구나 책제冊題를 시제詩題로 사용한 시는 대부분 시집 전체를 아우르는 서시의 기능이 있는데 동일한 제목의 시가 없어 〈너에게 나를 전한다〉를 서시로 선하여 시를 이해하는 정보로 삼고자 한다.

> 매화꽃이 숭어리 숭어리
> 핀 마을 제비가 오고
> 낡은 처마 끝을 흔들며
> 오는 봄바람이
> 너의 체취처럼 반가운데
> 내 안에서 맴돌고 있는
> 너는 어디에도 없다
>
> 삼동에 홀로 키운
> 이 마음을 하마 제비는
> 알았을까
> 가고 오는 것이 어찌
> 계절밖에 없었으랴
>
> 이 봄 가고나면
> 너에게 나를 보낸다

– 〈너에게 나를 전한다〉 전문 –

너에게 나를 전하는 의미는 헤어져 있는 동안 소식을 나누지 못해 궁금했던 마음을 전한다는 뜻이다. 보고 싶었던 마음은 그리움으로 대변되지만 그동안 소식을 주고 받지 못한 이웃과 친지에게 안부를 전한다는 의미로 확대된다. 그 마음이 자라서 결국에는 등단시로 발표했으니 이제는 독자에게로 대상이 확장되었다. 개인적인 글이었을 때와 시인으로 등단한 이후의 글은 그만큼 대상이 달라진다. 등단 시인은 그만큼 시인으로서의 안목을 담아야 하는 책임감이 뒤따른다.

〈너에게 나를 전한다〉는 먼저 소식을 전하는 적극적인 마음이 드러나 있다. 그래서 기승전결起承轉結의 4단 구성에서 전을 생략하고 호흡이 빠르게 기起 승承 결結의 세 문장으로 시상을 전개했다. 본문의 원시는 연을 나누지 않고 한 문단으로 처리했으나 이해를 돕기 위해 편의상 세 문장으로 나누었다.

1연에서는 제비가 날아오고 봄바람이 처마 끝에 너의 체취처럼 맴도는데 네 소식은 없다는 사우思友의 그리움으로 봄을 맞이했다. 그것도 겨울을 지나 매화꽃이 숭어리숭어리 피어나 날씨가 풀리듯 생각의 끈이 풀려 친구에게로 달려간 것이다. 그렇게 시작된 친구 생각은 2연에서 제비를 다시 동원하여 그리움의 깊이를 더했다. '삼동에 홀로 키운 이 마음'은 곧 겨울처럼 얼었던 마음이 녹아 친구가 더 그리워졌다는 정감의 단서다. 그러면서 '가고 오는 것이 어찌/

계절밖에 없었으랴'면서 소식을 모르고 지내던 날들에 대한 안타까움을 달래는 여유를 보였다. 3연에서 '이 봄 가고나면/너에게 나를 보낸다'는 다짐으로 시를 맺었다. 반전이 필요 없이 속히 소식을 전하겠다는 조급함이 드러나 있다.

문제는 지금 당장이 아니라 '이 봄이 지나면'이라는 단서다. 그것은 그리웠던 만큼 마음의 준비가 필요했다는 추론이 가능하나 이 시가 등단시로 발표한 작품임을 고려하면 너에게 나는 시인이 되어 소식을 전하겠다는 시간적 여유가 필요하다는 의미다. 친구에게 보다 떳떳한 사람으로 나타나려는 마음의 준비가 필요했던 것이다. 소전 시인에게 시인은 자신의 명함이자 삶의 이력서인 것이다. 소전 시인의 대인관계와 사회생활에 깍듯한 예를 중시하는 삶이 시정신으로 나타나 있어 서시로 먼저 감상해 보았다.

본론 – 시 감상의 실제
1부. 그리움

소전 시인의 제4 시집 『나무는 나무는』은 전체를 5부로 나누어 각 부의 주제에 적합한 소제목을 제시했는데 특이하게도 시제詩題의 첫음절을 이용하여 가나다 순으로 배정했다. 그러면서 1부 〈그리움〉, 2부 〈버리고 떠나기〉, 3부 〈생각이 생각을〉, 4부 〈울지

마라〉, 5부 〈가을이 오는 소리〉라는 소제목으로 구분했다. 이들은 그 단락의 주제와 같은 역할을 하지만 굳이 주제를 구분하지 않아도 좋다. 각 부마다 공통적 주제가 나타나 있어 구분 없이 시를 감상하기가 편하다. 앞에 나타난 주제를 뒤에서 다시 읽을 수 있어 반복에 의한 정감의 깊이를 더할 수 있는 장점이다. 시로 나타내고자 하는 시인의 정신이 점층적인 상승효과를 나타내기에 편리한 시제가 곳곳에서 살아나기 때문이다. 특히 1부에서 서시로 제시한 〈그래 그래야지〉는 시인 이전에 신앙인으로서 어떻게 살아야 하는지를 밝힌 신앙고백과 같은 시라서 감응이 깊다.

　"내가 입을 닫아야/예수님이 사십니다/내가 귀를 열어야/예수께서 웃으십니다/내가 눈을 감아야/예수께서 그래야지 하신다 하였다//믿는 사람이/벙어리 삼 년(口)/귀머거리 삼 년(聽)/봉사 삼 년(眼)을 해야만 ~/예수께서 빙긋이 웃으신다 하였다//겸손 겸손, 또 겸손/두 손 모아 무릎 꿇어/믿는 맘으로 기도할 때./우리 서로가 한마음 될 때/그래 그래 하면서/한 자매 한 형제된다 하였다."

　기독교의 가르침을 실생활에 적용하고자 하는 다

짐인데도 낯설지 않다. 이는 이미 유교적 가르침으로 우리의 삶에 교훈처럼 살아있기 때문이다. 그런데도 1부의 서시로 제시한 것은 '겸손'은 실생활에 적용하기 어려운 덕목인 만큼 이를 솔선실행하여 아름다운 사회 형성에 기여하려는 다짐이 보인다. 그래서 〈기도祈禱 Ⅰ〉〈기도祈禱 Ⅱ〉와 같은 기도문의 시로 자신의 마음을 다독이기도 한다.

두 손을 한데 모으고 하나님만 부릅니다
마음에 찌든 때 빼내지도 못하면서
무슨 말로 自我를 달래오리까
이럴 때 이렇게 하라고 한 말씀 하여주소서
찰나가 현실이 되도록 한 말씀 도우소서
무슨 메시지를 주실런지요
마음을 모으고 정성을 다하여
올려드리겠나이다

– 〈기도祈禱 Ⅰ〉 전문 –

위 시는 한 행을 한 연으로 구분하였다. 한 행을 넘어 다음 행으로 진행할 때의 간절한 마음을 담아내기 위해서 택한 구성법이다. 즉 행간에 기도의 내용을 간절하게 강조한 것이다. 〈그래 그래야지〉와 더

불어 신앙인으로서의 자세가 나타나 그의 철학적 삶을 읽을 수 있는 부분이다. 이는 생활 현장에서 어려운 일을 만났을 때 신앙인으로서 어떻게 처리해야 할지 번뇌와 망설임이 겹칠 때 하나님의 가르침을 기다리는 신앙의 자세다. 아무리 깊은 신앙인일지라도 인간적인 미숙함이 있기 때문에 사전에 묵상하며 하나님께 답을 찾는 신중한 태도인 것이다.

특히 1부의 뒷부분의 〈길 위에서 길을 묻다〉는 기독교적인 가치뿐만 아니라 성현의 가르침을 숙고하는 다양한 구도적 방법을 추구하기도 한다.

성성자惺惺子는 남명 조식 선생이 항상 깨어 있는 자세를 견지하기 위해 몸에 달고 다니는 방울을 일컫는데 〈길 위에서 길을 묻다〉의 4연에 '성성자惺惺子를 손에 쥐고/청량한 마음 간직한 채/한없이 걷고 또 걷는다'고 했다. 시인으로서 항상 깨어 있으려는 가르침을 실천하겠다는 뜻이다.

종교학의 아버지로 추앙받는 막스 뮐러는 '하나의 종교만 아는 것은 아무것도 모르는 것'이라 했다. 종교 편향주의를 경계하는 금언이다. 뮐러의 지적대로 소전은 철저한 기독교인이면서도 유학적 가르침에도 귀를 기울인다. 그 철학적 마무리가 〈기다림〉이다.

간밤에 깊은 잠 아니 들고

뒤척이다 잠 깬 이른 아침

툇마루에 까치발을 하고서
행여 기별 있을까, 기다리는 마음 있어

두어 번 왕복하는 버스정류장
버스길만 뚫어지게 주시하다가

십여 분 뒤 고샅길에 인기척 없어
포기하고 흔적 없이 들어와 앉는다.

- 〈기다림〉 전문 -

이 시의 화자는 누군가를 기다리는 사람이다. 버
스를 타고 오는 그 무엇인가를 기다리는 구도자다.
굳이 고샅길에 인기척이 없을 때까지 기다리는 화자
의 심리과정이 나타나 있어 궁금하다. 다른 시에는
독자의 사유를 돕는 부연이 있는데 이 시에는 그런
안내가 없다. 단지 버스와 버스정류장과 버스길이 막
연하나마 누군가를 기다린다는 암시를 주지만 여기
에 함정이 있다. 한학에도 밝은 소전 시인이기에 한
시의 기법을 시에 적용한 것이다.
〈기다림〉에서 소전 시인은 구도자로서 추구하는

이상을 아직 실현하지 못했음을 고백한다. 철학적 가치를 동원해도, 종교적 힘에 귀의해도 풀리지 않는 본질적인 가치를 아직 실현하지 못하여 기도와 연찬으로 기다리는 철학적 사유를 담아낸 것이다. 시인으로 아직 시가 무엇인지 뚫리지 않는 의문과 종교인으로서 종교의 가치를 실현하지 못한 불안감의 표출이다. 결국 〈너에게 나를 전한다〉는 서시의 목표를 이루기 위한 전단계로서 확실하지 않는 실존의 단계를 밝힌 작품으로 이 시집 전체를 아우르는 수작으로 꼽는다.

2부. 버리고 떠나기

버리는 것은 채우기 위한 과정의 첫 단계다. 불교의 이상적인 가르침인 듯 공空사상을 지향하는 비우기 작업은 겸손의 또 다른 양상이다. 지식을 비우고, 사회적 위상을 버리고, 체면을 던져버린 겸손은 곧 버리는 데서 오는 결과물이기 때문이다.

기러기는 먼 길을 떠날 때 머물렀던 흔적을 지운다고 한다. 실체가 없는 흔적, 그것마저 지워버리는 것이 곧 버리는 것이다. 문제는 버리는 것이 적극적인 행동이 수반하기도 하지만 세상을 향한 가르침의 목소리가 오히려 버리는 행위의 한 방법이기도 하다는 점이다. 백석 시인이 "산골로 가는 것은 세상한테 지는 것이 아니다/세상 같은 건 더러워 버리는 것이다"
라고 호기 있게 외친 것처럼 소전 시인도 〈묵언〉으로
세상을 비워낸다.

한마디 응수할까 하다가도
또, 달고 일어나서 오두방정 떨까 보아
어쩌면 거짓이 이렇게 난무할까
정론, 직필하는 종이는 없을까
자고나면 이슈가 이슈를 덮고
뿌리 깊은 느티나무처럼
든든함은 진정 없는 것인지
그립다. 든든함과 참함 솔직함
기다려진다 오염 없는 맑디맑은 세상
차라리 묵언 묵상하는 것이
최상의 방법 아닐는지
세상 깨어지는 소리 이제 그만 듣고 싶다

– 〈묵언〉 전문 –

거짓이 난무하는 세상, 그것도 뻔뻔하게 내미는 거
짓에 직필하고 싶은 욕구가 치밀지만 더 시끄럽게 거
짓을 내세울 것이 빤하여 정론을 직필할 방법을 찾
는다. 뉴스거리를 듣고 싶지 않은 세상은 곧 이슈가

이슈를 덮고 새로운 거짓으로 발전한다. 그래서 '오염 없는 맑디맑은 세상'을 갈구한다. '세상 깨어지는 소리 이제 그만 듣고 싶'어 차라리 묵언 묵상이 버리는 것의 한 밥법이라는 것이다. 세상을 초월하는 것이 구도적 삶을 사는 방법이기도 하지만 정치계와 종교계와 법조계는 물론 교육계까지 양극화돼버린 현실은 정론 직필의 방법과 묵언으로 관조하는 것이 최선의 방법일지도 모른다. 그 아쉬움은 〈밝은 달 아래서〔明月〕〉로 이어진다.

숨소리조차 교교皎皎한
밝은 달 아래서
그대가 너무 보고 싶어
그림자 앞세우고
싸목싸목 걷고 싶다
그 사이에도
그리움이
봇물 되어 미어터져 버릴 것 같은
상념들 ~
장애물은 무얼까
도무지 헤아릴 수 없으니
보고픈 잔잔한 마음만은
밝은 달 아래서

하늘 땅만큼 켜켜이 쌓여만 가는데
쓸쓸해지더라

- 〈밝은 달 아래서[明月]〉 전문 -

〈묵언〉에서 갈파한 "그립다. 든든함과 참함 솔직함/기다려진다 오염 없는 맑디맑은 세상"을 구체적으로 밝힌 시가 〈묵언〉이다. '그대가 너무 보고 싶어/그림자 앞세우고/싸목싸목 걷고 싶다'는 간절한 기구는 버리고 비워낸 결과물을 찾는 행위다. '그리움이/봇물 되어 미어터져 버릴 것 같은/상념들'을 찾으면서 그런 행위를 막는 장애물이 무엇인지 탐색하는 과정이 간절하다. 그 간절한 안타까움은 점점 더 커져 '보고픈 잔잔한 마음만은/밝은 달 아래서/하늘 땅만큼 켜켜이 쌓여만 가는데' 끝내 해결책이 보이지 않아 '쓸쓸해지더라'라고 고백한다. 그래서 현실을 벗어나기 위한 버리기는 현재 진행형이다.

그런 중에 위로받을 만한 대상이 있어 다행이다. 〈내 친구 플라타너스〉〈메타세쿼이아〉다. 어쩌면 침묵으로 일관하는 나무들이 오히려 진중하고 진실한 삶을 살지 않은가에 대한 관조의 결과다. 크게는 『나무는 나무는』의 모티브로 작용한 시로 보인다.

3부. 생각이 생각을

2부의 〈드림스쿨 어르신〉은 방주교회에서 140여 명의 어른들을 문학동아리로 모아 글쓰기 지도를 하며 문단에 올린 봉사활동을 시화한 작품이다. 3부의 서시로 제시한 〈방주 聖殿歌〉 역시 교회에서의 활동을 바탕으로 한 시다. 그렇게 신앙생활을 하는 도중에 〈생각이 생각을〉이라는 시를 써야 할 만큼 건강의 위협을 받는 단계에 이르렀다.

바람 불다 잠잠한 것처럼
중환자 병동 병원 침대 위에서
멍하니 누워 있던 여덟 번째 어느 날
심근경색 허혈로 스텐트 삽입술
생각하면 생각할수록 심사가 희미하다
방정맞은 생각으로 잘못되면
내자內者는 억울하여 어떤 생각할까~
여지껏 지아비만 보고 살아온 일상
나 역시 참으로 미안했었다
그러나 한가지 깨달음은
일어나 다시 시작하는 거다.
희망을 품고 건강해지도록
이천, 십, 칠 년, 십이월, 칠일 퇴원하여
귀가하여 보니 생기가 돌고 살 것 같다

절망, 좌절과는 또 다른
다시 일어서자고, 생각이 생각을 키워본다

- 〈생각이 생각을〉 전문 -

　신앙인은 어려움이 닥치면 시험에 빠졌다고 한다. 그 시험을 잘 이겨내야 신앙적으로 성숙하고 신과 더 긴밀한 관계를 유지할 수 있다. 사업에 실패했어도, 교통사고를 당했어도 이만큼도 다행이라며 하나님의 은혜라는 역설적 감동으로 감사하는 것이 신앙이다. 불자는 불자대로 무속인은 무속인대로 섬기는 신을 그렇게 어려움 속에서도 감사하며 성숙한 신앙의 단계로 발전시킨다.

　과학이 발전해도 인간은 영적인 존재라서 영혼을 위한 내세를 걱정한다. 일반인으로서는 이해할 수 없는 것이 신앙이다. 소전 시인 역시 시의 내용으로 보아 건강이 위험한 단계에 이르렀던 적이 있었다. 나 죽으면 나만 보고 살아온 아내는 어떻게 살 것인가를 비롯하여 숱한 생각들이 꼬리에 꼬리를 물고 복잡한 단계에 접어들었다. 그때의 기도는 생사를 담보로 한 간절함이 묻어 있기에 회복했을 때의 기쁨은 감사와 충성으로 배가된다. 그래서 2017년 12월 7일은 영원히 기억될 날이다. 기도의 응답으로 치유의 기적을 체험했기에 생각에 생각을 잇던 밤은 신의 은총을 입는 역설의 밤으로 기억한다. 그래서 〈사랑의 예수님〉〈사랑의 조건 (하나님은 사랑이심이라)〉에 이어 〈아프지 말아라〉라는 작품을 발표했다.

그 시들은 〈세월이 가면 Ⅰ〉로 묶을 수 있다.

세월 속에서
어간에 비는 주룩주룩
밖은 어둑한데
달려갈 길은 아직
왔던 것만큼
더 갈 수 있을런지
젊어 푸르름은
왕성하였건만
역할 다하고 누렇게 빛바랜
아비는 낙엽으로 변해 버렸다
세월이 가면
길 위에 길이 없듯이

– 〈세월이 가면 Ⅰ〉 전문 –

봉사하며, 감사하며 열심히 사는 동안에도 세월은 흘렀다. 이제 뒤돌아볼 시점에 이르러보니 '젊어 푸르름은/왕성하였건만/역할 다하고 누렇게 빛바랜/아비는 낙엽으로 변해 버렸다'며 세월에 늙어버린 자신을 낙엽에 비유했다. '밖은 어둑한데/달려갈 길은 아직/왔던 것만큼/더 갈 수 있을는지' 걱정하는 삶이 일모도원日暮途遠의 숙연함에 빠져 든다.

시의 끝을 '세월이 가면/길 위에 길이 없듯이'로 맺은 것이 허탈해 보인다. 그러나 전후의 시와 연계해 보면 전혀 다르다. 즉 이 시 한 편만을 중심으로 보면 인생무상의 허무주의에 빠지기 쉬우나 시집 전체로 이어진 기독교사상은 내세에 대한 희망이 있어 오히려 '세월을 아끼라'는 잠언으로 살아난다. 후학이나 자손에게 주는 교훈인 것이다. 뒤이은 〈세월이 가면 Ⅱ〉가 이를 뒷받침한다. 그래서 3부는 〈아버지의 밤〉으로 마무리한다.

밤이 새도록
해소 기침
삼동三冬에는 더더욱 애달파
싸락눈 내려
교교皎皎한 달빛이 대밭에 와
사각사각 댓닢 부딪히는 소리
해소 기침 어우러지면
곤히 잠들어 있는 식솔들

무정하련만
올망졸망 생각 없이
잠든 모습 바라보며
청출어람靑出於藍 청어람
희미한 미소 띄우신다
오밤중에 詩의 재료는 많은데
詩는 어지러웠다
시는 항상 배고픈 거니까
그래도 필기장에라도 적어보겠다

- 〈아버지의 밤〉 전문 -

이 시에서 아버지는 자신일 수도 있고 지상의 모든 아버지일 수도 있다. 그 속에서 읽어내는 내 아버지에 대한 추억은 '밤이 새도록/해소 기침/삼동三冬에는 더더욱 애달파'하는 대상이다. 아버지 세대는 대부분 나이 들어 해소 기침을 하는 경우가 많았다. 소전 시인의 선친께서도 해소 기침에 잠을 설치는 경우가 많았던 모양이다. 밤이 깊을수록 더 심해지는 기침은 온 집안을 울렸고 더불어 예민한 자식들도 함께 밤을 세웠을 것이다.

그 삼동의 아픈 밤에 소전 시인은 분위기 있는 밤의 정취를 읽어낸다. '싸락눈 내려/교교皎皎한 달빛이 대밭에 와/사각사각 댓닢 부딪히는 소리'다. '댓닢'은 '댓잎'보다 옛날에 쓰이던 용어이므로 댓닢 자체에 늙은 아버지의 모습을 상정한 것도 기발한 착상이다. 거기에 달빛이 대밭에 사각거리는 시각적 이미지를 청각적 이미지로 치환하여 아버지의 기침 소리와 어울리게 한 기교를 적용한 것도 탁월한 기법이다.

기침 소리는 밤의 정적을 깨워 식솔들은 제대로 잠들기 어려울 것이나 오히려 곤히 잠들었다. 기침 소리와 달빛이 댓닢에 어울린 자연의 멜로디를 자장가 삼아 잠든 평화로운 분위기로 반전시킨 것이다. 그러나 이제 아버지의 나이가 된 소전 시인이 그 시절의 아버지가 되어 아버지보다 더한 해소 기침을 해댄다. 긍정적 의미의 청출어람을 시에서는 부정적 의미로 사용하는 것은 시인의 언어적 특권이다. 전술한 〈생각이 생각을〉에서는 자신의 건강만을 진술했지만 〈아버지의 밤〉에서는 대를 이은 건강으로 시상을 확장하는 특징을 보였다.

4부. 울지 마라

인간의 완전한 독립체는 가정으로 완성된다. 사회적 동물이라는 사회학적 정의 이전에 생존의 기본적인 조건에서 보더라도 가정은 인간이라는 존재의 절대적인 요건이다. 가정의 울타리 안에서 나누는 사랑과 각자의 책임과 의무가 사회로 확장되어 공동체가 형성되고 그 공동체가 모여 국가라는 울타리를 만들기 때문이다. 결국 가정과 국가는 단위 요소로서 전체를 이루고 전체로서의 부분을 이루는 공동합일의 관계다. 그러므로 국가가 온전하려면 가정이 바로 서야 하고 가정이 바로 서기 위해서는 가족 구성원들이 제 역할을 해야 한다.

소전 시인은 4부에서 가족의 구성원에 대한 사랑과 감사와 책임에 대한 소회를 밝히는 시를 많이 모았다. 아무래도 젊은 날에 느끼는 정감보다 더 깊은 울림이 있기 때문이리라. 그래서 소제목도 〈울지마라〉로 정하고 〈아첨阿諂〉을 서시로 올렸다. 국가가 편안해야 가정이 편안할 수 있다는 방향을 제시한 것이다. 그렇게 나라가 바로 서야 한다는 전제에 아래 〈우리는Ⅰ〉〈우리는Ⅱ〉〈어머니Ⅰ〉〈어머니Ⅱ〉〈어머니께 드리는 헌사〉〈아내Ⅰ〉〈아내Ⅱ〉〈아내Ⅲ〉〈아내Ⅳ(사랑이야)〉〈아내Ⅴ(지옥과 천국)〉 등을 발표하여 국가와 가족의 소중함을 일깨웠다. 서시 〈아첨阿諂〉에 대한 경고는 〈龍의 힘〉으로 구체화 된다.

잔잔한 개울에 용이 내려와
용 한번 써대니
사방천지가 흙탕물이 되고

독 자갈이 뒤흔들리고
야들야들한 풀포기 숨을 죽인다
피리 송사리 새우 미꾸라지
모두가 떨며 숨죽일 때
누군가는 달래야 할 텐데
꾸지람해 줄 이 없으니
그냥 보고만 있어야 되는가?
혼이 나간 우리 *民草*들
두려운 마음 연속인데.

– 〈*龍*의 힘〉 전문 –

'용쓰다'는 한꺼번에 기운을 몰아 쓰는 경우를 일 컫는 말이다. 힘들여 괴로움을 참는다는 뜻에서 '용 용 죽겠지'라는 파생 문장을 사용하기도 하지만 대 부분 '용쓴다'는 동사로 통용되는 말이다. 위 시 〈*龍* 의 힘〉은 피라미들이 평화롭게 어울려 사는 잔잔한 개울에 갑자기 용이 나타나 용을 써대니 흙탕물이 일고 바닥의 자갈들이 뒤흔들려 평화가 깨진 상태를 직설했다. 심지어 풀포기조차 숨을 죽이는 공포스러 운 분위기인데도 꾸지람해 줄 사람이 없으니 민초들 은 여전히 두려움 속에서 살 수밖에 없는 현실을 개 탄했다.

시대가 참 좋아졌다. 〈龍의 힘〉을 3공화국이나 5공화국 시대에 썼다면 분명히 감옥에 다녀 와서 영웅이 되었을 텐데 아쉽다. 민주 투사의 탄생을 보지 못한 아쉬움으로 이 시를 감상하면 피붙이에 대한 사랑은 더 절절해진다.

가정의 평화, 민초들의 삶을 걱정하는 마음을 글로 써내는 것이 문인의 사회적 책임이자 의무다. 단순히 서정적 감상만을 즐기는 것은 소녀적 감상으로 문학적 무게는 실리지 않는다. 시인은 사회적 문제를 해결한 힘은 없지만 시대의 방향을 제시하는 나침반이라는 숭고한 역할을 해낸다. 스승이 없는 시대, 힘과 권력으로 상대를 제압하는 억지가 이끌어가는 상황을 그대로 볼 수 없는 소전의 마음은 어머니와 아내에 대한 감사로 이어진다.

어디에 계시든지
사랑으로 흘러서
우리에겐 고향의 강이 되신
푸른 어머니
삶이 고단하고 괴로울 때
기쁘고 즐거울 때도
눈물로 나직이 불러보는
가장 따듯하고 포근한

그 이름 어머니
팔순을 신실한 마음으로
무릎 꿇고 엎드려
찬미와 찬양을 드립니다
우리들 어머님께

※ 2016. 9. 10 (토) 독거노인 팔순 잔치

– 〈어머니께 드리는 헌사〉 전문 –

　어머니의 팔순 잔치에 드리는 헌시는 기교가 필요 없다. 시적 수사도 필요 없다. 진정으로 감사하는 마음을 담아 올리는 것이 최고의 수식이자 찬양이다. 어머니에 대한 정의는 지상의 인구수만큼 다양하다. 모자간의 사랑은 누구나 공통적으로 느끼는 정감이 있지만 둘만의 독특한 사랑이 형성되어 있기 때문이다. 그 내밀하고 깊은 나만의 정감을 어머니로 정의한 이상 내 어머니는 다른 어머니와 다를 수밖에 없다. 그런 중에 위 시는 '우리들 어머님께'로 마무리했다. 팔순 헌시라서 형제들의 마음을 담아 올린다는 뜻이라서 '고향의 강' 같은 어머니로 포근하고 너그럽다. 그런 어머니는 〈치자색梔子色 그림의 추억〉으로 마무리 한다. 어머니에 대한 사랑의 결정結晶이라서 큰 울림이 있다.

> *아내*
> *아내가 하늘처럼 맑아 보일 때가 있다.*
> *가족을 위하여 희생한 사람*
> *안쓰럽다 나는 그 사람에게서*
> *문득문득 하늘냄새를 맡는다*
>
> *- 〈아내 1〉 전문 -*

자식들이 부모를 자랑하는 경우는 드물다. 특별한 경우가 아니면 모두가 자랑스럽고 훌륭한 부모인데 굳이 화제에 올릴 필요는 없다. 그래도 자식 자랑은 맨정신으로도 하지만 마누라 자랑은 취중에 많이 한다. 그래서 팔불출이라 한다. 소전 시인은 다른 주제와 달리 아내에 대한 시를 무려 다섯 편이나 올렸다. 팔불출인가?

아내에 대해 이처럼 명징하게 쓴 시는 읽어보지 못했다. 아내에게서 하늘냄새를 맡는 사람, 하늘에 폭 빠진 사람이다. 그 하늘을 강조하기 위해 하늘과 냄새를 한 단어로 취급하여 붙여 썼다. 그 하늘냄새는 절대 다른 곳으로 빠져 나갈 수 없는 나만의 냄새인 것이다. '아들이나 딸을 나보다 더 사랑하는 사람은 내 제자 되기에 적합하지 않다'고 시기하신 성경에도 어긋난 수준의 고백이다. 그래도 아비나 어미도 나보다 더 사랑하면 안 된다는 마태의 가르침 정도는 충분히 아는 소전시인이기에 아내가 곧 하나님이라는 수준으로 고백한 것이다. 그러므로 하늘냄새는 곧 하나님이다. 하나님과 같은 수준의 절대적인 사랑을 느낀다는 고백이야말로 아내를 향한 안수집사의 진정한 사랑이다. 그래서 엄숙하게 한 행을 한 연으로 사랑의 깊이를 더해갔다.

입추도 지나고 한로도 지났다
아침저녁으로 제법 신선한
그 서늘함에 가을 내음이
은은히 풍기어 온다
소슬바람은 이마와 볼도 스치고
그 바람에 가을 내음이 솔솔 풍긴다
솔바람에 한잎 두잎 물드는 단풍
낙엽은 발밑에서 가을은 그렇게 오고
시간도 계절도 그렇게 흘러가고 있다

– 〈가을이 오는 소리〉 전문 (손정애) –

아내를 하늘로 알고 살아온 소전 시인은 그 감사

의 마음을 시로 표현했다. 곱던 아내가 세월의 무게를 이기지 못해 병원 생활을 해야 하는 아픔과 1년 6개월을 기다린 끝에 수술을 받고 퇴원하는 이야기 등 절절한 이야기를 수필처럼 풀어냈다. 그래서 손자 손녀는 더 귀하고 예쁜 모습으로 등장한다. 그 미안함과 고마움을 담기 위해 아내 손정애 권사가 쓴 시 6편을 따로 올렸다. 부창부수는 이런 경우에 해당하는 말이리라. 글 쓰는 남편에 시 쓰는 아내라. 속칭 궁합이 잘 맞는 부부다. 겨울을 준비하는 부부의 가을이 더없이 아름다워 보이는 이유다.

4부에서는 진한 애향심을 읽을 수 있어 푸근하다. 고향은 어린 시절의 꿈과 부모의 사랑과 형제의 우애가 묻어 있는 삶이 현장이다. 누구나 사람은 가정과 사회와 나라와의 관계에서 하나의 개체에 불과하지만 소전 시인은 고향에 대해 남다른 애착을 보인다. 장흥의 역사와 지리와 인문학, 그리고 문학과 문인 등 해박한 지식을 시로 담아냈다. 한학을 공부한 유학자적 여유가 보여 읽을 거리가 풍부하다.

5부. 가을이 오는 소리

왜 가을인가. 가을은 단풍으로 곱다는 이미지 위에 쇠락해 가는 소멸의 이미지가 겹친다. 꽃을 보면

여자들은 자신의 나이를 대입하는 버릇이 있는데 남자들은 꽃의 객관적인 속성을 볼 뿐 세월을 대입하지는 않는다. 5부를 〈가을이 오는 소리〉로 정한 것은 소전 시인이 나이를 의식했기 때문으로 보인다. 그래서 흐른다는 것에 주목한다.

맑은 물이 흐르고
시와 극이 흐르는 소극장
음악의 선율이 흘러가는 음악회
미술관 특별전
흐른다는 것은
무얼 의미하는 것일까?

정한수 한 보시기
가슴에 닿는 시어詩語
아리아의 선율의 높낮이
지혜 있는 색감

고여있지 않음은
문화가 흐른다고 인용한다
한마디로 정화된 소통이라 한다
우리 가까이 다가와
심성을 푸르게 하고

가슴을 맑게 하며
흐른다는 것은 투명透明함일진데
우리들의 생들을 소통해야 된다는 게다

– 〈흐른다는 것은〉 전문 –

흐르는 것은 물만이 아니다. 요즈음에는 침묵이 흐르고, 음악이 흐르고 문화도 흐른다고 한다. 그렇게 확장된 흐름은 소통으로 발전해야 한다는 안목이 시적 감상에 빠져들게 한다.

1연에서 전제한 흐름은 맑은 물과 시와 극이 흐르는 소극장으로 시선을 끌어들여 흐름의 속성을 파악하게 한다. 음악회와 미술 기획전으로 시적 대상을 확장한 후 분위기를 흐름이라는 주제로 집중시켰다.

2연에서는 보다 한 차원 높은 시각적 청각적 이미지를 덧입혀 시적 분위기를 고조시킨다. '정한수 한 보시기/가슴에 닿는 시어詩語/아리아의 선율의 높낮이/지혜 있는 색감' 시어를 찾기 위한 시인의 촉각에 정한수를 담아 올리는 정성, 그것은 지혜 있는 색감을 덧칠한 아리아의 선율로 흐르는 것이다. 정한수는 예전 우리의 부모님들이 새벽마다 깨끗한 우물물을 떠 놓고 정성을 다해 빌던 정화수井華水의 방언이다. 시인이 한 편의 시를 완성하기 위해 구도적인 정성을 다하는 모습이라 숙연해진다.

그렇게 흘러야 '심성을 푸르게 하고/가슴을 맑게 하'여 투명한 소통이 이루어진다고 진단했다. 이는 닫힌 인간관계에 청진기를 들여댄 사회학자적 태도다. 결국 마지막 행의 '우리들의 생들을 소통해야 된다는 게다'는 소전 시인이 아름다운 소통을 이루기 위해 내린 처방이나 다름없다. 극과 극으로 대립되는 사회는 흐름이 막힌 사회다. 소통을 위한 흐름, 그것은 너와 나의 가슴을 흐르는 생기이자 살아있는 징표인 것이다.

이보다 앞쪽에 실린 〈떠나는 것과 남는 것〉이 가을의 정서를 예견해주었지만 〈흐른다는 것은〉을 먼저 감상하는 것이 서정이 흐름에 도움이 될 듯하여 순서를 바꿨다.

높아진 가을만큼 가을은 깊어 가고
하늘은 높다랗고 말은 살찐다는 시간

제 몫을 다한 것들은 하나둘 떠나고
홀가분하게 떠나가 버리면 그만이겠지.

아쉬움은 남는 자의 몫
아쉬움과 홀가분함이 뒤섞이는 시간

주인을 위해 수고 했던 여름 옷가지를 차곡차곡
또 한편 한켠에 담겨진 두툼한 옷들을 ~
가까이 손 닿는 곳으로 내놓는다

묘한 감정이 솟아난다
새봄이 오면 또 함께 할 수 있을까?

– 〈떠나는 것과 남는 것〉 전문 –

　5연으로 나눈 시는 시간을 기준으로 시상을 전개
한다. '홀가분하게 떠나가 버리면 그만'이라는 체념
은 '제 몫을 다한 것들을' 다시 기억해내는 일이다.
그것도 하늘이 높아 말이 살찐다는 계절로 한정했
으니 그만큼 생각이 깊어지는 시기에 벌어지는 일이
다. 일상에서 늘 대하는 옷가지가 겨울을 앞두고 보
내는 마음을 되새겨 보게 한다. 버리면 그만인 철 지
난 옷, 그 작은 소모품에 삶의 철학을 담아낸 시인의
사고思考가 문학적 소양의 바탕을 이루어 시로 탄생
한 것이다. 문제는 그 옷에 대한 의미다. 시의 객체로
등장한 헌 옷은 곧 가을을 노래하는 시인 자신이다.
5연에서 보인 '묘한 감정'은 자신을 숙고하는 시어의
산물이다.
　'새봄이 오면 또 함께 할 수 있을까?' 시에서 설의

법은 군이 대답이 필요 없는 질문이다. 당연한 귀결에 관심을 끌기 위해 질문하는 시적 기교가 설의법인데 마지막 행에서의 의문문은 삶의 담긴 엄중한 질문이다. 하루가 선물이라고 의식하는 사람은 젊은이가 아니다. 낮세나 든 사람들, 건강이 여의치 못한 사람들의 미화된 용어다. 결국 소전 시인의 제4 시집 『나무는 나무는』는 〈떠나는 것과 남는 것〉으로 마무리한다.

맺음말

이 세상 사는 동안의 비바람은 나무로 하여금 결을 곱게 다듬는 자극제다. 젊어 고생은 사서라도 하라는 가르침처럼 고생은 헛된 시간 낭비가 아니다. 〈한 해를 보내며Ⅱ〉에서 밝혔듯 세월이 가는 것을 아파할 이유도 없다. 충실하게 살다 보면 〈포 근 함〉에서 밝힌 삶을 누릴 수 있다.

저녁이 되어
자리에 들었다
아내가 있고 가정이 있고
쉴만한 안식처가 있고
자주 자주로 자식들은 안부 물어오고
"사랑하는 자들아 우리가 서로 사랑하자"

포근한 곳 여기가 천국이네

– 〈포 근 함〉 2연 –

열심히 제 역할을 다 하면 '쉴만한 안식처'가 반겨 준다는 깨달음이 나무가 들려 주는 맺음말로서의 결론이다.

소전 시인은 음악과 미술과 서예 등 다방면에 걸쳐 닥치고 읽는 독서광이다. 그 배경이 시집 곳곳에 서정적인 시세계는 물론 나라와 민족을 생각하는 우국 논조의 작품으로 나타났다. 그런 중에 기도문과 같은 신앙시와 교회에 봉사하는 신앙인의 전범을 보이기도 했다. 한 권의 시집에서 이렇게 다양한 시를 쓸 수 있는 것은 오랜 세월 묵혀온 시정이 한꺼번에 폭발했기 때문이다. 181편의 시를 담아낸 『나무야 나무야』의 출간을 축하하며 겨울에 더 진실한 모습으로 우뚝한 나무처럼 꿋꿋하게 남은 시정을 피워 내시길 기대한다.

두 손 모아 축하합니다.